LA DOULEUR
FAIT NAÎTRE L'HIVER

MATTEO PORRU

LA DOULEUR FAIT NAÎTRE L'HIVER

Traduit de l'italien
par Audrey Richaud

BUCHET • CHASTEL

Titre original : *Il dolore crea l'inverno*
Éditeur original : Garzanti

ISBN : 978-2-283-03846-8

À Francesco

PROLOGUE

La vie l'a recouvert de neige. Un jour sont arrivés les nuages, et elle s'est mise à tomber, tomber, tomber.

Depuis ce jour-là, il ne se souvient plus de la couleur du ciel, de sa quiétude, de ses ombres. Face au froid, il a déposé les armes et a appris à se laisser tomber, comme la blancheur du monde depuis tant d'années. Parce qu'il n'avait plus le choix, parce que chaque petite chose s'est mise à s'effondrer, à disparaître. Il s'agrippe à son manteau, ses membres le font souffrir.

Il voudrait hurler, pourtant il pleure.

Quelques kopecks en poche, et deux ou trois certitudes auxquelles il ne croit plus. Son corps est déjà celui d'un cadavre. Le givre lui colle à la peau comme une couche de cellophane, fait ressortir ses rides, ses plaies. Son visage est terne, presque décoloré, juste suffisamment pour ressembler à tout le monde et personne à la fois. Il respire doucement, l'air qui vide sa poitrine se condense et sent l'alcool, la salive. Ses yeux éteints et secs emprisonnent la mer, et ses battements de paupières ne parviennent même plus à en rider les eaux.

Il regarde le vide. Il n'est pas vivant, pas mort non plus, pas encore, pas totalement.

Le froid dévore la chair de ses pensées et ronge les instants, les idées. Les secrets, les remords, tous les rêves se nécrosent et n'en demeure qu'une poudre incolore, éternelle. C'est l'âme pour certains. De la cendre pour d'autres.

Le froid brûle la peau et congèle les souvenirs, les vide et les ternit, les confond, comme les siens : ils sont tous craquelés, souillés, une masse d'existence marquée d'une longue et profonde fissure, un segment continu de vide et d'oubli. Les visages deviennent des faces, les étreintes des contacts, l'essentiel un détail. Tout s'aseptise et devient vain, comme si plus rien n'avait ni volume ni puissance. C'est ainsi qu'un monde prend fin, lorsque le temps se couvre et que l'obscurité engloutit les couleurs, pour conjurer le beau, et que même la nuit ne veut céder au froid, que le bien et le mal se vident de leur sens. Alors au loin résonne un bruit de rires et de pleurs, d'amour et de sang, de rêves et de glace : voilà la vie qui hurle *attends*, la vie qui dit *adieu*.

Cet homme-là n'a plus le temps de déposer les armes, il en a trop perdu en tentant de se parler, de s'encourager. Et il pleure, encore, car pour se soulager il n'a appris que ça, car ruisseler de douleur est tout ce qu'il sait faire. Il songe à ses erreurs, à la boisson, à la faim. Les choses qu'il a faites, il les a oubliées, celles qu'il a perdues le heurtent de plein fouet. Le silence l'effraie. Il ne possède plus rien mais n'en a pas conscience, ou peut-être essaie-t-il seulement de se persuader du contraire.

On raconte qu'il erre désormais dans les glaciers, comme s'il pouvait retrouver son chemin avec toute cette neige qui obstrue son esprit. À chaque introspection, il perd une partie de lui, sans parvenir à stopper l'hémorragie. La brume l'enveloppe, il est à bout de souffle. Seuls lui restent le givre et la neige entre les doigts.

Il était immortel, mais se chercher l'a tué.

À l'attention de M. le directeur général
S.P.M
Centre Pëtr N. Lebedev
628400, Surgut
[CONFIDENTIEL]

Mon amour, accomplis le passé.

PREMIÈRE PARTIE

L'HIVER

Rien que du blanc à songer.

Arthur RIMBAUD

1

L'ANNIVERSAIRE

Elia Legasov a vécu si longtemps qu'il en a perdu la notion du temps, et de façon si monotone que jamais il ne l'a vu passer. Du moins, c'est ce qu'il dit.

Aujourd'hui, c'est son anniversaire. Pour lui, son âge n'a aucune importance. Il est né en septembre, il y a des années. Une éternité. Comme une vie trop lointaine qui ne serait pas la sienne. Il lui est impossible d'en tracer les contours : il ne lui reste que des images froissées, tout un tas de feuilles volantes éparses dans son esprit. Au fil des années, il les a ramassées, déchirées et cherchées lorsqu'il lui a fallu se comprendre davantage, éclaircir certaines choses. Oui, il en a eu besoin. Il vit à présent dans l'obscurité et essaie de les garder. Il craint de les lâcher, de les voir s'envoler. Il les tient fermement pour ne pas se perdre, se jure de les protéger, de ne plus revenir là-dessus. Ses mains sont devenues rugueuses à force de serrer, deux poings fermés qui retiennent les grandes choses comme les plus simples. Elia les a toutes choisies, une par une, et n'a rien d'autre pour survivre ou reprendre des forces.

Legasov ne se pose pas de questions auxquelles il ne sait répondre, et répond toujours aux mêmes questions. Il est tout aussi méthodique lorsqu'il converse avec lui-même, s'il lui arrive de le faire. Jamais il ne s'épanche, car il sait bien qu'il cicatrise difficilement. À son âge, il ne prend plus le risque de se blesser. Son âme est fragile et craint ce qui fait mal.

Il se sent seul, fait quelques prières pour complaire à Dieu et soulager sa conscience, oscille entre moments d'assurance absolue et crises existentielles qui s'achèvent parfois sur une reddition muette, ou beaucoup plus souvent sur un verre de liqueur. Il en descend huit ou neuf par jour sans aucun plaisir, pour ponctuer ses monologues intérieurs dont la durée varie entre cinq minutes et deux heures. Depuis une quarantaine d'années, sa température corporelle semble davantage dépendre du degré de ses alcools que de son état de santé. Au fil du temps, ces deux données ont fini par se confondre. Sans qu'il en prenne conscience ou daigne le faire.

Elia ne sait pas ce qu'il veut, il n'y a jamais songé, ne se l'est jamais demandé.

Legasov a le sommeil léger, pénible, tourmenté ; il le trouve difficilement et le perd facilement. Il passe des heures au fond de son lit le visage accablé, les yeux fermés et vides, à tourner la tête d'un côté et de l'autre, comme pour chasser ou éloigner l'idée même du repos. Et lorsqu'il cède enfin,

Elia vit *son* moment, cette longue seconde d'obscurité qui pousse la vie hors de sa vue, la rapproche du néant. Pour lui, cette obscurité-là est un havre de paix, une sorte de chez-soi.

Quelques rayons de soleil qui grimpent par la fenêtre entrouvrent ses paupières, il remue sous les trois couvertures où il est emmitouflé. Legasov esquisse un sourire à l'idée qu'il s'agit d'une journée spéciale : une étrange grimace qui le surprend. Pourtant, lorsqu'il se retrouve suffisamment éveillé pour songer à sa vie solitaire et aux grandes pièces vides de cette maison sombre, ses craintes éternelles, indéfectibles, assaillent son esprit. Alors ses lèvres se crispent, retournent se cacher dans cette barbe grisâtre taillée sommairement et à regret, qui lui confère l'expression neutre et indéchiffrable avec laquelle il a grandi. Comme si ses muscles étaient exténués, comme si quelque chose les tétanisait. Leur friction lui provoque une douleur au visage. Si l'on sensibilise le corps aux émotions, il semblerait que personne n'ait jamais introduit la joie à Elia Legasov ou qu'il ne l'ait jamais découverte lui-même.

Comme chaque matin au réveil, il s'allume une cigarette : seul le tabac le débarrasse de son haleine nocturne. Il ne veut inviter aucun de ses rares amis à partager ce moment ou à trinquer, maintenant qu'il est assez vieux pour savoir qu'une année de plus est une année de moins. Et peut-être la dernière.

Il s'octroie un petit plaisir et ouvre une bouteille de Zveroboj qu'il gardait en réserve pour les grandes occasions.

Il s'en verse deux doigts dans un verre, pour se réchauffer et fluidifier son sang. Les quarante degrés épicés et brûlants de la liqueur, qui contrastent avec les moins trente degrés extérieurs, lui dégivrent la gorge. Il tire sur sa cigarette, boit, puis recommence. Tout est si silencieux que sa salive et sa respiration viennent se mêler au bruit du tabac qui crépite. Au bout de trois gorgées, Legasov est déjà suffisamment ivre pour oublier avoir vécu un jour de plus, à l'identique.

La télévision est restée allumée toute la nuit sur une chaîne de téléachats. Il se demande comment cette jolie blondinette parvient à se tenir correctement une journée entière, sans interruption. Son nom est Avrora, il la salue depuis des années. Elle est parfaite, ne change pas : ses lèvres semblent avoir été dessinées au crayon, un gros plan souligne tour à tour son regard et ses ongles rose nacré. Elle vend toujours le même collier orné d'un pendentif en forme de goutte, et à chaque fois qu'elle le porte, Elia reste ébloui devant l'écran durant une quinzaine de minutes. Avrora est si belle qu'elle semble irréelle et immortelle, comme lui. Et parfois, il lui fait l'amour.

Legasov vit le long de la côte. À Jievnibirsk, la mer de Kara est gelée presque toute l'année et les vagues subissent souvent le même sort. Elle se fissure rarement, au large, lorsqu'un bloc de glace parvient à se débattre, à se faire emporter par le courant qui emmène très loin. Et quand cela se produit, les yeux d'Elia se mettent à palpiter : il songe à ce bloc de glace destiné à fondre, seul face à l'Arctique, mais libéré du froid et du reste. Alors il imagine que d'autres se détacheront, puis d'autres encore, qui finiront par fondre et vivre dans l'attente. Cela arrive rarement, mais quand il rêve, Elia meurt comme la glace en mer.

Il vient de réaliser qu'il lui fallait partir : lorsqu'il va au-delà de ses pensées habituelles, il oublie ce qu'il doit faire. Il se couvre le plus possible, mais ses vêtements de travail ne sont jamais assez confortables ni chauds. Il va dans la cuisine et engloutit d'un seul coup un verre de lait froid et une tartine beurrée à la mie compacte. Il sort de chez lui, tourne à droite et parcourt une vingtaine de mètres ; il pourrait passer par l'intérieur, mais aime respirer l'air pur. C'est toujours à ce moment-là que, pour la première fois de la journée, Elia Legasov lève les yeux du sol, là où il les a toujours posés.

Il regarde le ciel : il neige.

La remise est sa deuxième maison, un rectangle bleu nuit rempli d'outils et de métal. Il prend plus soin de son chasse-neige – il le surnomme *la Bête* – que de lui-même. C'est le seul engin qu'il utilise quotidiennement mais il sait que tôt ou tard, il lui faudra également mettre en route les saleuses et les déneigeuses soufflantes, au moins pour un contrôle. Il possède une trentaine de pelles différentes, scrupuleusement rangées en fonction de leur longueur et de la forme de leur lame, choyées et répertoriées comme des reliques. Chaque chose est à sa place : Elia hait le désordre, il en a déjà suffisamment en tête et ne supporte pas l'idée d'en créer davantage.

Avant d'entamer son itinéraire matinal, il remplit rigoureusement à la main sa fiche compte rendu, une demi-douzaine de champs qu'il renseigne désormais machinalement. Ce formulaire partira pour Vorkouta et finira dans un tiroir des gestionnaires du territoire qui n'a probablement jamais été ouvert. Cette feuille n'a pas changé avec le temps : elle comporte deux lignes où mentionner horaires, points de départ et d'arrivée, état général des routes, et apposer une signature lisible une fois le travail achevé. Elia ne sait pas signer et écrit son nom en tordant le poignet, le V forme une courbe qui descend s'appuyer au bas de la feuille. Il met le tout dans une enveloppe et commence son travail.

Il vérifie minutieusement la pelle à neige de la Bête qu'il conduira aujourd'hui encore et ouvre les portières, seulement après s'être assuré comme chaque matin que rien n'a changé.

Au-dessus de la remise, l'écriture cyrillique de couleur bleue résiste encore en lettres capitales : FAMILLE LEGASOV, DÉNEIGEURS, JIEVNIBIRSK. Pas d'année de fondation. Il n'y en a jamais eu, tout simplement : avant qu'elle ne devienne une entreprise, cette activité était née d'une nécessité. La famille pressentait qu'elle perdurerait longtemps, si ce n'est pour toujours. Et à Jievnibirsk, dans ce village où le temps avait malencontreusement décidé de s'arrêter, cette pérennité, son caractère indéfini, éternel peut-être, comme tout le reste, relevait du destin.

Elia porte les uniformes où est encore brodé le nom de ses parents, et lorsqu'il les enfile, il arbore un regard fier, presque victorieux. Être un Legasov le remplit d'orgueil. Durant toutes ces années, entretenir les machines et désencombrer la voie publique ont toujours eu une certaine valeur. C'était une véritable institution. Et une responsabilité. Sans la présence d'un Legasov pour déblayer la neige, les routes seraient restées impraticables pendant deux ou trois jours pour tous les véhicules. Il en était ainsi depuis près d'un demi-siècle, depuis que son grand-père avait compris qu'il pouvait largement tirer profit de sa passion et des besoins du village. Il avait été le premier, puis d'autres camarades, hommes et femmes de la famille, l'avaient suivi de près en vertu d'un besoin de main-d'œuvre toujours plus important. Ce qui avait fait naître un réseau remarquablement efficace d'êtres humains et d'amitiés, placé sous les auspices de cette remise et de ce nom. Elia ne se souvient d'aucune voix, d'aucun visage. Seules lui restent les valeurs avec lesquelles il a grandi : la vocation, le devoir, la continuité de quelque chose de grand aux yeux d'autrui. Elia enlève la neige. Il ne sait rien faire d'autre, s'y sent prédestiné, n'a jamais fait que ça. Un jour en vaut un autre, au hasard. Cette vie, il ne l'a pas choisie, mais c'est celle qu'il mène et qui s'enfuit. Il s'est trop essoufflé en essayant de la suivre. Alors il a choisi de respirer, d'attendre que quelque chose ou quelqu'un l'emmène loin d'ici. Mais personne n'est jamais venu.

Il ouvre grand la remise pour sortir le chasse-neige, vérifie systématiquement l'antigel avant d'allumer le moteur et de prendre la route. Il termine puis jette la cigarette restée entre ses lèvres et met en route la Bête, qui grogne comme tous les matins. Elia ajuste les rétroviseurs, y jette un coup d'œil et démarre, comme pour s'échapper, pour s'assurer qu'aujourd'hui encore, les fantômes ne viendront pas.

2

JIEVNIBIRSK

Lorsqu'Elia entame son parcours, il se sent nu, fragile. Il n'a jamais compris si ses tremblements au volant étaient dus au froid ou à une peur quelconque, inconsciente mais constante. Peut-être que le corps réagit ainsi après une vie en cage et commence à céder, à défaut d'échapper à toute cette blancheur, à cette paix stérile qui lui brûle la peau. Il éprouve toujours un léger vertige qu'il tente de faire passer en contractant le cou, sent des douleurs profondes qu'il n'arrive pas à situer sur son corps, rêvasse, l'air absent. Il passe les vitesses et suit les routes.

Les gants sur le volant, son esprit est ailleurs, perdu dans ses pourquoi. Il regarde encore, avec ses yeux d'enfant qui déblayait la neige et comptait les nuages, l'éventail de flocons qui s'ouvre devant lui mais ne s'en émerveille plus. Au fil du temps, Elia a perdu son innocente et simple capacité à s'éblouir, car l'habitude érode les émotions. Il continue de penser à ses allées et venues sur les routes, toujours les mêmes, et à ses lentes pérégrinations, toujours constantes. Il vit de monotonie. Sitôt qu'il se met à réfléchir à un moyen de la vaincre, le chasse-neige dévie sur la droite à cause d'un vieux coup sur l'essieu qu'il n'a jamais réussi à réparer. Il ne pose jamais ses mains sur le volant à dix heures dix mais à minuit moins cinq. Peut-être conduit-il mieux ainsi.

Après soixante-dix ans au service de la neige, Elia est devenu comme elle, une créature fragile qui se laisse tomber. Les routes de Jievnibirsk sont toute sa vie, son temps, celui de tous les Legasov avant lui.

Même si à Jievnibirsk, le temps n'existe pas. Il est difficile de dire ce qui existe, ce qui a du sens dans le village et pour ceux qui l'habitent. Tout semble figé, emprisonné, une poignée de toits noirs cernés par la blancheur de la mer, du brouillard, de la neige.

Cet endroit n'est même pas sur les cartes. Les rares fois où il apparaît, c'est sous la forme d'une tache d'encre, comme une bavure d'impression, la seule trace noire dans un désert de brume et de glace, la province la plus éloignée de Vorkouta. Six mois d'obscurité, six mois de lumière, un an de vacuité. Elia habite ce village depuis sa naissance. Dans sa mémoire, tous ses recoins sont blancs et s'estompent, car la monochromie réduit tout.

Jievnibirsk a dix routes, dont quatre sans issue. L'axe principal traverse l'unique place du village et divise ce dernier en deux : il est le seul accès à *l'extérieur* – un terme qui jalonne les craintes des habitants – et s'achève sur une vieille barrière grisâtre, depuis longtemps submergée par la mer. De cette route partent toutes les autres, étroites et accidentées, au point que même la Bête est parfois prise au piège. Pour Elia, ce village en est un. Il y vit depuis toujours et sait comment en sortir, mais dès qu'il ralentit, s'arrête et regarde autour de lui, une angoisse profonde, enracinée, vient lui nouer l'estomac : le sentiment de n'avoir été qu'une proie jetée là au hasard pour rester prisonnière des mailles du filet. C'est pour cette raison qu'Elia maudit le silence, car il ne connaît pas le bruit qui le brisera. Un appât posé là peut-être, pour faire tache, attirer l'attention. Il n'a pas d'autre choix et continue sa vie passivement, mécaniquement, comme tous les autres, tous autant qu'ils sont.

Ici les gens n'ont jamais vécu, et en ont toujours eu conscience : venir au monde en dessous de zéro, dans ce reflux du Créateur au bord de la mer de Kara, est une condamnation au néant plus qu'un commencement. Y vivent des êtres humains oubliés du monde et du temps, des silhouettes évanescentes, souvent sinistres et nées du froid, dépourvues de fantaisie mais dotées d'une grande capacité à répéter les mêmes actions inutiles.

Certains disent que les anges naissent à Jievnibirsk.

D'autres, qu'y vivent les démons.

Les âmes survivent en s'accrochant au peu de certitudes qu'il leur reste, avec une bouteille de vodka et la télévision allumée en fond sur l'unique chaîne disponible qui diffuse tour à tour *Assa*, *Le Syndrome asthénique* et des émissions nocturnes de téléachat.

Ce sont quasiment tous des hommes, deux cent quatre-vingt-quatorze âmes mortes qui se traversent lorsqu'elles se rencontrent. Elles s'adressent la parole uniquement par nécessité absolue de communiquer, et dans ces rares moments où elles se retrouvent l'une en face de l'autre, font tout pour éviter que leurs ombres ne se touchent. Seule la fragilité les unit, leur donne un sentiment d'appartenance. Tous la conservent, l'accumulent plus qu'ils ne l'acceptent, comme une essence unique, intime, qui permettrait au sang de couler dans leurs veines. La solitude dévore leurs actions, le désir viscéral de hurler pour appeler à l'aide, pour ne pas mourir et chercher du réconfort, un contact. Ils conversent beaucoup avec eux-mêmes, et petit à petit le sommeil leur échappe, comme le sens distors des choses qui adviennent. Parce que chaque mot, dans ce village, dans ces esprits, est une déclinaison du verbe succomber.

Ils ont peur de sortir, de voyager, car ils ne l'ont jamais fait et que l'idée de quitter, ne serait-ce qu'un instant, ce qui essentiellement les maintient en vie, les abasourdit. Ils se sentent bien ainsi, avec le strict nécessaire à portée de main et l'immuable certitude que rien ne changera.

Un seul service logistique relie Jievnibirsk au reste du monde : un camion qui ravitaille le centre et arrive tous les jours à quatre heures du matin. C'est un vieux Kamaz des années soixante-dix, et son vrombissement réveille tout le village. Les gens qui habitent à proximité de la place le surnomment *la Mouche*, enfin, tout le monde l'appelle comme ça, à Jievnibirsk. C'est un transport public de Vorkouta

– située environ à deux cents kilomètres du village – en fonction depuis des années, sans interruption.

Le chauffeur du Kamaz est toujours le même, un homme réservé et corpulent, obsédé par ses démangeaisons au visage qu'il tente d'apaiser en se grattant alternativement avec l'index et l'annulaire. Personne n'a le souvenir ni de lui avoir parlé ni d'avoir entendu son nom. Tout le monde l'appelle Stachanov, faute de mieux. Il semble n'avoir jamais été en retard ni malade, et avoir développé une gestuelle automatique précise. Peut-être à cause du froid, de l'obscurité, de la peur de se rendre dans un village fantôme comme un animal nocturne. Au vu de ses cernes et de son humeur, après plusieurs regards attentifs et alertes, Elia en a déduit qu'il en était toujours au troisième ou quatrième café, qu'il traînait un vieux torticolis, et répétait chaque jour la même chose.

– *Quelle route, nom d'un chien, quelle route !*

Il ne pense qu'aux vivres, à l'essence, au courrier, aux médicaments qu'il doit vendre au village pour ensuite repartir et rejoindre sa base. C'est un rituel : il arrive sur la place, coupe le contact de la Mouche, dépose une dizaine de caisses dans un magasin, et sur une table, le reste à distribuer. Il prépare un petit bac pour les espèces et compte dans sa tête combien il en tirera : quelques centaines de roubles, comme toujours.

Puis le manège commence : les gens sortent de chez eux en marchant lentement, tête baissée, dans un silence irréel, au rythme du bruit de leurs pas sur la neige et des hochements de tête formels de certains. Quand l'un des habitants fait un mauvais calcul ou qu'il lui manque de l'argent – même très peu – celui-ci fouille dans sa poche à la recherche des kopecks soigneusement comptés à son domicile. Instinctivement, le malheureux se retourne pour demander de l'aide, mais la file des *autres* est muette, ne le regarde même pas. Alors il rentre chez lui puis se remet en file, en espérant qu'il restera encore quelque chose à ramener.

À l'aube – lorsqu'elle a lieu – les caisses sont presque vides. Et les gens retournent auprès de leurs craintes, ferment leur porte, leurs verrous, leurs fenêtres. Ils s'allongent doucement devant l'écran, baissent le volume. Ils visionnent *Assa* et *Le Syndrome asthénique*. Stachanov rassemble tout, grimpe à bord du véhicule et rallume le contact. Englouti par la brume, il disparaît dans le néant.

Jievnibirsk est le négatif d'un ciel étoilé. Les isbas qui émergent de la neige sont toutes noires, immensément vides, et la glace grimpe comme du lierre aux parois en bois. Tout, dans cet endroit, semble inexorablement destiné à appartenir à une foule de gens sans histoire. Si dans le monde tout n'est qu'aspiration à la splendeur, à Jievnibirsk, la nature a développé le vice, irrépressible et maladif, de vouloir assombrir, dissimuler. Elle fait neiger toute la blancheur du monde, quitte à éliminer la moindre trace de couleur, de souvenir, du passé. Sur ces routes, dans ces maisons, il n'y a pas d'hier, d'ensuite ou d'à présent. Même si à une époque, quelque chose a habité ces espaces, ces vies.

Puis un jour, s'en est allé.

3

MATVEJ

Plus il tourne et retourne le verre entre ses mains, plus Matvej se convainc que cet objet et lui ont beaucoup en commun : il a tout essayé pour enlever le calcaire, mais il reste si opaque qu'on ne peut voir à travers. Il se sent ternir et ne cesse d'y penser. Lui aussi est en verre, mais a toujours le sentiment qu'à l'intérieur, tout a déjà volé en éclats. Une vie brisée.

Na zdorovje. Il croit l'entendre encore dans l'auberge familiale ; prononcé en chœur, les tables regroupées, une dizaine de vieux amis et le bonheur d'être ensemble. Comme s'il se souvenait des miches de pain noir, de sa mie foncée, des tranches mordillées puis laissées sur les nappes au milieu des verres. Lorsqu'il rêve éveillé, il se frotte les yeux et force sur sa vue pour tenter de compenser sa myopie comme il peut. Après sa mise au point, il se retrouve face à une grande pièce vide, négligée. Il voudrait tout flouter, mais attend que le calcaire dévore son regard, ce ne sera pas très long. Et sur ces tables, revient le brouillard.

S'il est aubergiste, Matvej fait aussi des liqueurs : il distille avec son père depuis sa tendre enfance, comme son arrière-grand-père avant eux, et a passé sa vie entière derrière ce comptoir en chêne. Il connaît cet endroit dans les moindres détails et l'a tellement astiqué dans sa jeunesse qu'il pourrait établir une cartographie mentale de tous les recoins qui retiennent la poussière. Au fil du temps, ces tables ont été des tanières, des lieux de fête, des planches de bois usées. À chaque fois qu'il regarde autour de lui, Matvej est terrassé à l'idée que tout finira. Et comme il dit toujours, cet endroit mourra avec lui.

Pour Elia, à la mi-journée, cette auberge est une étape obligatoire. Les quelques minutes passées en sa compagnie lui permettent de discuter et de se réchauffer après trois bonnes heures de travail. Matvej l'attend avec des verres de liqueur déjà à moitié pleins, et un désir quotidien de venir aux nouvelles, de connaître les pensées de cet homme au volant.

– Comment est la neige aujourd'hui ?

– Il y en a trop, Matvej, comme toujours.

Il esquisse un sourire. Ils se connaissent depuis l'enfance et ont passé bon nombre d'après-midis à jouer ici, tandis que leurs parents se retrouvaient le soir. Matvej a le front bas, les sourcils froncés, et plaisante toujours en disant que sur ses mains, la ligne de cœur n'apparaît pas. Ses paumes n'ont jamais touché une autre femme que sa mère. Il a un tic, sûrement nerveux, et le petit doigt de sa main droite remue quand quelque chose lui échappe. Puis il possède le vice, très probablement hérité de son père, de lire dans les pensées des gens, même s'ils les gardent au chaud dans leur esprit et cherchent du réconfort dans un verre de liqueur. Sec, bien entendu.

– Comme d'habitude, Legasov ?

Vodka on the rocks. La sienne excède largement les trente-huit degrés. La faire demande du temps et de la patience, comme quand tombe la neige, comme pour la vie. Rester des heures devant un alambic lui avait appris à attendre et à prendre le temps, mais jamais pour lui-même. Matvej a passé toute sa vie à attendre, et peut-être qu'une partie de lui attend toujours de commencer à vivre en regardant une pendule immobile, cassée. Pourtant, quelque chose lui dit de rester là, les yeux rivés sur le cadran, comme s'il y avait du mouvement, comme si les aiguilles allaient se mettre en route.

– Merci.

– Je t'en prie, et bon anniversaire ! Quel âge ça te fait ?

Elia y réfléchit vraiment, se concentre, mais ne s'en souvient pas. Comme si son esprit était un bloc de neige et de glace, parfaitement creux. Comme si un morceau s'était détaché, ou pire, comme s'il s'était déplacé. Il essaie encore, mais ses efforts sont vains.

– Je ne sais pas.

Matvej non plus : les pensées pâlissent lorsque l'on cesse de se souvenir. C'est la neige ou l'esprit qui l'emporte.

– Qu'est-ce que ça peut bien faire ? Plus les années passent, plus elles me semblent vides.

– Trinquons à ça, alors : au vide.

– Au vide, mon ami.

Après avoir levé leurs verres, Elia observe le sien à contre-jour : la lumière du lampadaire ne passe même pas au travers. Il est ébréché ou strié, comme usé par le frottement sur les lèvres des gens.

– Combien d'années ont-ils ?

– Trop.

– Trop pour qui ?

Matvej soupire, il semble assailli par trois ou quatre cents pensées à la fois, comme si elles l'encerclaient et criaient à l'aide. Il regarde en haut, au-dessus des étagères, et son petit doigt ondule. Les aiguilles sont fixes, mais le temps passe. Il tente de s'accrocher à tout ce qui bientôt cédera. Chaque seconde est assourdissante, comme si tout s'effondrait.

– Trop, c'est tout.

4

BORIS

Boris est épuisé d'attendre la fin, il ne se souvient pas d'un seul jour de sa vie où il n'ait pas renoncé à quelque chose ou prié de disparaître.

Plus jeune, il avait tout planifié pour quitter ce trou de vies oubliées. Mais la volonté de ses parents, et sa propre certitude qu'il ne reviendrait jamais, avaient repoussé son départ. Sa foi en un futur s'en est allée lorsqu'il l'a vu filer. Au fil des années suivantes, de ces longues années vides, le regret de ne pas avoir suivi son cœur et cette soif de liberté avait rongé son esprit. Il avait continué d'attendre, et s'était renfermé à défaut de s'évader. Il vit isolé du monde, pour ne pas penser, ne serait-ce qu'un instant, à la douleur d'être enveloppé par cette obscurité.

Il se barricade en fermant les serrures, les verrous, et au moindre bruit déplace avec l'index et le majeur le rideau du salon, juste assez pour apercevoir qui s'apprête à entrer. Il n'y a personne la plupart du temps.

Si à Jievnibirsk les gens attendent de succomber, Boris est le seul qui voudrait accélérer le processus pour avoir la certitude de s'être trompé de vie, d'avoir tort. Il le fait en silence, dans sa tanière, comme si rester reclus était la seule façon de survivre là dehors. Ou du moins d'essayer.

Elia le hèle depuis la route. Pour entrer, il doit recevoir le signal habituel, que Boris lui donne uniquement après avoir regardé par la fenêtre de ses yeux cernés, reconnu la silhouette de son compagnon de vie et la voix de son meilleur ami.

– Entre, mon ami !

Boris vit dans une petite maison et a établi son atelier au sous-sol. La graisse s'est tellement incrustée sur ses mains que ses paumes sont noircies. La chaîne autour de son cou retient une paire de lunettes adaptée à sa vue d'antan, quand il y voyait encore suffisamment pour effectuer des travaux chez les gens sans avoir peur d'eux. À présent, il passe la plupart de ses journées à réparer ce qu'il casse et à casser ce qu'il répare. Y compris ce qu'il garde au fond de lui.

Il possède un chien, Sobaka, un vieux laïka aveugle, quasiment autant que lui, affaibli par le temps et le froid. C'est la seule créature qui lui tient toujours compagnie, sent lorsqu'il perd le contrôle et l'équilibre en marchant. Il s'est choisi un coin, le moins froid de la maison, et hurle, hurle comme s'il invoquait les enfers. Alors Boris se joint à lui et ils pleurent à l'unisson, comme deux animaux éreintés pleurent l'un à côté de l'autre.

– Bien dormi, mon ami ?

Legasov s'occupe d'eux depuis des années, depuis que Boris a perdu les siens et considère Elia comme le seul être humain devant qui il n'a pas à se cacher ou feindre de l'intérêt.

– Non, Elia, comme d'habitude. Je m'endors de plus en plus tard et me réveille de plus en plus tôt.

Elia tente de fixer son regard sur quelque chose : il n'arrive plus à regarder personne dans les yeux. Il songe au passé, à cinquante ans en arrière, à l'époque où sa famille et celle de Boris travaillaient côte à côte : les Legasov déneigeaient les routes, les Gligorov entretenaient les machines. Il s'en est passé, du temps. Trop sans doute. Sobaka hurle.

– Et toi ? lui demande Boris. Comment as-tu dormi ?

Legasov se tait. La nuit, il entend des voix et des murmures incompréhensibles. Il a de nouveau peur du noir, et lorsqu'il parvient à trouver le sommeil, le moindre craquement le fait tressaillir. Comme s'il attendait quelque chose, comme s'il le sentait.

– Bien, Boris, merci.

Ils dressent rapidement la table, toujours avec les mêmes couverts qu'ils rincent souvent mais ne lavent jamais. De la fenêtre de la cuisine filtrent une lumière opaque, presque délavée, et des courants d'air froid. Le bois de la table est imprégné de taches de vin qu'ils renversent de leur verre à tour de rôle. Guidé par la faim, le chien les suit et entre dans la cuisine.

– Tu sens la Zveroboj ! Tu as déjà trinqué ?

– Oui, mais pas encore avec toi.

Legasov ouvre une bouteille de liqueur avant de servir les restes de la soupe de la veille, tout juste tiède. Il n'en verse pas beaucoup dans l'assiette car il sait que Boris mange peu et doucement. Il sert à boire avec une précaution inhabituelle, car Gligorov n'a jamais tenu l'alcool. Et il ne l'a jamais dit à personne.

– Même ces deux gouttes de rien du tout te font de l'effet ?

– Oh que oui ! Mais ça me va bien pour aujourd'hui. À la tienne, Elia.

– Allez, à la nôtre !

Ils mangent en silence comme quand ils étaient enfants, toujours assis correctement, avec l'ordre de finir tout ce que le Tout-Puissant avait mis dans leur assiette et de ne boire qu'ensuite, rien qu'une fois, rien qu'un verre d'eau. Le dîner était un jeu de regards, de sourcils froncés au-dessus d'un plat médiocre, de jambes croisées sous la table. Elia et Boris déjeunaient et dînaient dans l'entente muette de deux alter ego. Le jeu résiste encore mais est plus lent désormais. Les rires qui se cachaient derrière chaque regard se sont mués en explications, en interrogations sur le sens des grandes choses, en regrets de celles qu'ils ont vu défiler. Avant, l'un d'eux remportait la victoire. Maintenant ils font match nul. La résignation. Admettre que la vie est froide, qu'elle comprime chaque pensée, les place à égalité. Le déjeuner était une fête, à présent, il n'est qu'expiation.

Elia ne prend pas le temps de finir sa soupe et enfile son manteau, comme s'il venait de réaliser avoir failli être en retard. Leur repas n'a jamais duré plus d'un quart d'heure.

– Voyons... Legasov, ça fait des années qu'aucune voiture ne passe, mise à part la Mouche. Qui va t'en vouloir si tu traînes un peu ?

– Moi, Boris, c'est mon travail.

– Et le jour où tu t'arrêteras, alors ?

Elia repasse mentalement en revue les allers-retours qu'il s'apprête à effectuer sur les routes du village, et en direction du monde d'où personne ne vient jamais, excepté la Mouche. Déjà sur le seuil, il boutonne son manteau et tient avec son pied la porte entrebâillée. Il enfile ses gants, son écharpe, ses lunettes de travail.

– Quand la neige cessera, mon ami.

– Le fera-t-elle un jour ?

Legasov ne répond pas. Il n'a jamais répondu.

DEUXIÈME PARTIE

LA DOULEUR

Dans ma tête
il y a toujours eu une pièce vide pour toi
combien de fois y ai-je porté des fleurs
combien de fois l'ai-je défendue de l'horreur

C'est moi qui l'habite à présent
et l'horreur est entrée avec moi.

Michele MARI

5

L'ARRIVÉE

Le type qui s'approche de lui, Elia ne le connaît pas, il ne l'a jamais vu. C'est un étranger. Cela fait plus de trente ans qu'aucun étranger ne vient à Jievnibirsk. Il neige, ses yeux ne voient pas à plus de vingt mètres de distance, et l'homme recule de quelques pas, suffisamment pour s'apercevoir que ses bottes en cuir n'adhèrent pas à la neige, ou du moins pas d'une telle épaisseur, et que le froid le fait pleurer de façon irrépressible. Il se frotte les yeux, regarde en haut, ne parvient pas à distinguer si une personne ou deux se trouvent à bord du véhicule. C'est la première présence humaine qu'il a croisée dans un rayon de deux cents kilomètres. Et donc, probablement la seule.

Il ne peut se douter que le tout-terrain duquel il vient de descendre se trouve à contresens, la plupart des panneaux ont été enlevés il y a une quinzaine d'années, et le brouillard empêche de distinguer les quelques survivants. Pourtant, il est dans le mauvais sens, face à la Bête, qui peut tout faire sauf reculer.

– C'est par là, Jievnibirsk ?

L'homme s'exprime trop doucement pour qu'Elia puisse l'entendre, il craint presque de parler. Il est bien habillé mais maigrelet, le vrombissement du moteur l'intimide.

– C'est à vous que je parle ! Vous, au volant de cet engin !

Elia le regarde d'en haut, de ces trois mètres d'altitude depuis lesquels il a vu neiger le monde, dans un mélange de peine et de curiosité. Il coupe le moteur, descend de la Bête et se rapproche de l'individu en costume-cravate qui esquisse un sourire à la vue d'un homme amoché, extrêmement négligé.

– Et vous, vous êtes qui ? Cravate bleue ?

– Docteur Andrej Sobolev, géologue pétrolier.

Legasov n'a rien compris, rien de rien, à la seconde partie de sa phrase. Il observe un silence confus pendant quelques secondes puis capitule.

– Que faites-vous au juste ?

– J'étudie la Terre. À bord de ce véhicule, deux autres personnes font la même chose que moi, et la troisième nous paie pour ça.

– Il n'y a que de la neige ici.

– Non, par-là il y a Jievnibirsk. Enfin, théoriquement. Nous devons nous y rendre pour nos recherches. Pourriez-vous nous indiquer le chemin ?

– Faites demi-tour. Vous êtes à contresens, cravate bleue.

– C'est ce qu'on va faire tout de suite, merci !

Sobolev regagne son véhicule en faisant de grands gestes aux trois autres pour leur signifier *tout va bien, nous y sommes presque*. Les flocons de neige s'agrippent à son manteau. Il le secoue, comme s'ils étaient lourds.

La voiture peine à démarrer et se range dans le bon sens. La Bête ouvre la marche. Quelques kilomètres de distance dans la chaleur de l'habitacle suffisent aux géologues pour comprendre qu'à Jievnibirsk, il n'y a rien, absolument rien, excepté un léger rehaussement de terrain où ont été construites une centaine de maisons sombres, dispersées au hasard. Elia s'arrête le long de la côte, là où commence la glace.

Les quatre hommes descendent, le regard perdu et émerveillé. Comme s'ils s'attendaient à ça, comme si tout était tel qu'ils l'espéraient. Ils déglutissent, presque à l'unisson, moins à cause de la peur que du trouble profond que l'on lit dans leurs yeux, incapables de trouver les limites de cette blancheur pure, infinie. Elle les fascine et les dérange, considérablement.

– Il n'y a pas d'endroit où dormir, n'est-ce pas ?

– Non.

Les étrangers jettent nerveusement un coup d'œil à leur montre, songent au temps qu'il leur reste. S'ils faisaient rapidement leurs prélèvements et photos, ils parviendraient peut-être à rentrer, sachant que ni la lumière ni le carburant ne leur font défaut. Ils jouent leur dernière carte, dans l'espoir que ça fonctionne.

– Aucun problème, à Vorkouta nous trouverons où loger.

– Avec cette neige, encore faut-il que vous y arriviez, à Vorkouta.

Ils savent pertinemment que la tempête de neige est derrière eux, et que par conséquent, ils n'ont pas d'autre choix. Il leur faudrait au moins avaler quelque chose de chaud pour résister et trouver une issue, une folie, une grâce.

– Et pour manger ?

Si le destin te confie quelqu'un, tu dois en prendre soin. Cette phrase accompagnait Elia depuis toujours, il se la répétait doucement, distinctement, comme une prière. Elia priait souvent, au rythme des paroles d'une voix féminine qui priait avec lui et disait : *C'est bien, mon fils.* Quand il l'entend, Legasov tressaille et la cherche des yeux. Cela faisait si longtemps qu'il n'avait pas entendu cette voix douce, chaude, bouillante, ardente ; la seule source de chaleur capable de faire fondre sa peur et cette satanée glace. La différence de température le trouble, mais devant ces gens, Elia ne peut pas flancher. Il leur fait signe de remonter dans leur voiture.

– Suivez-moi.

Les étrangers ne s'adressent pas un mot durant tout le trajet. Cinq minutes silencieuses et irréelles, au rythme de leurs roues qui s'enfoncent dans la neige et l'écrasent.

– Espérons qu'il y ait des gisements.

Ces hommes n'ont qu'une chose en tête. Où se cache le trésor ? À quelle distance ? Quand pourrons-nous le voir de nos propres yeux ? Le verrons-nous vraiment ? Cette pensée les tourmente tandis qu'ils découvrent un village presque évanescent, peuplé d'un tas de maisons noires, d'un tas de choses obscures.

Elia se gare, rejoint le seuil, ouvre doucement la porte et entre seul. Il dit aux autres d'attendre et cache tout ce qu'il juge compromettant ou mal rangé. Il ouvre les fenêtres, les volets, il ne s'est jamais habitué à toute cette lumière. Dans son débarras, il prend deux bûches et quelques morceaux de bois pour allumer le feu. Il retourne dehors essoufflé, les yeux lourds de fatigue.

– Entrez.

6

LE DÎNER

Les quatre hommes pénètrent à l'intérieur et murmurent *pouvons-nous entrer ?*

Elia ne perd pas le temps de répondre *je vous en prie*, commence à préparer le dîner et leur indique des yeux un recoin du salon où s'installer pour patienter.

Les étrangers sont épuisés ; à l'abri des regards ils relâchent la tension et s'emmitouflent dans toutes les couvertures qu'ils parviennent à trouver. Trois d'entre eux sont considérés dans leur milieu comme de solides références, deux chercheurs et un investisseur, trois Russes, trois hommes transis de froid. Trois sur quatre.

Cravate bleue ne s'est pas alangui ni assis et arpente le salon, gants en mains, d'un pas régulier et prudent. Il lance quelques œillades à ses collègues exténués ainsi qu'un *tout va bien ?* intelligible, auxquels ils répondent par l'affirmative.

Andrej l'a tout de suite remarqué : la maison est vide, véritablement. Il est aisé de comprendre qu'elle est trop grande pour une seule personne. Elia essaie de la maintenir en ordre, mais elle est glacée et dénuée de vie depuis bien trop longtemps, malgré le bois qui réchauffe la pièce et les volets fermés qui retiennent la chaleur. Le salon est rempli d'étagères mais il n'y a pas de cadre, pas de miroir, pas de souvenir.

Juste une photographie. Minuscule, nette, un petit carré sépia, dans une maison en noir et blanc. Sobolev s'en approche après s'être assuré que Legasov ne le regardait pas, pour ne pas devoir une énième fois rendre des comptes sur la curiosité souvent déplacée avec laquelle il était né cinquante-deux ans plus tôt.

Il y voit une jeune femme aux grands yeux, dont les cheveux blonds sont maintenus par un foulard noué sous le menton. Chose relativement commune pour l'époque, bien plus que sa posture naturelle et élégante. Elle porte deux enfants dans ses bras et arbore un sourire chaleureux, libre, spontané, peut-être même ingénu. Un magnifique portrait de trois quarts avec le ciel en toile de fond et une tache sombre dans l'angle en bas à gauche, le plus abîmé, sans doute par la bougie désormais consumée du chandelier en argent. Puis une brève inscription manuscrite estompée par les ans mais encore lisible, les deux plus belles syllabes du monde : MAMAN.

L'unique point de lumière dans ce salon obscur. Andrej s'est laissé absorber par cette sensation de vide. Et lorsqu'il revient à lui, les autres se sont déjà réchauffés et se tiennent assis sur le canapé du salon. Il s'installe à son tour sur un tabouret en bois, jambes croisées, regarde ses collègues d'un œil et de l'autre sa montre qui s'est arrêtée sans qu'il s'en aperçoive.

– Les vôtres aussi ?

– Oui, répondent les trois autres.

– C'est le froid, dit Elia.

– Alors comment faites-vous ici ?

– Nous nous en passons.

Legasov met la table. Il ravive le feu à l'aide d'un soufflet et rapporte quelques branches supplémentaires de la remise pour l'attiser davantage. Cela fait longtemps qu'Elia n'a pas eu d'hôtes, et jamais ils n'ont été aussi nombreux. Il pose sur la table des assiettes creuses remplies d'un bouillon sombre et chaud.

Cravate bleue s'assied en dernier. La bouillie ne lui plaît pas, et il ne comprend pas comment font les autres pour l'ingurgiter. Son estomac se ferme et ses lèvres s'entrouvrent, comme s'il voulait savoir pourquoi tout un tas de choses manquent à cette maison.

– Vous vivez seul ici ?

– Oui. Inutile de regarder autour pour chercher je ne sais quoi : je possède ces murs, mon travail, et c'est tout.

– Pourtant, vous avez une photo.

Legasov le foudroie du regard et pose sa cuillère sur le bord de l'assiette. Les trois autres se figent, cravate bleue ne cille pas, les yeux presque rieurs.

– Vous ne mangez pas votre soupe, à ce que je vois.

– Je n'en ai pas envie.

– Il y a autre chose qui vous pose problème, cravate bleue ?

– Rien d'autre, pour le moment.

À son *pour le moment*, Elia s'embrase. Il les a sauvés, réchauffés, nourris. Il sait seulement qu'ils étudient la Terre, et que l'un d'eux les paie pour ça. Le vent est en train de tourner, et les trois autres hésitent entre calmer le jeu ou bien laisser tomber. Eux ne se seraient jamais permis de répondre sur ce ton. Andrej Sobolev, si. C'est aussi pour cela qu'ils l'avaient choisi.

– Que faites-vous précisément ici ?

– Pétrole, répond l'un d'eux pour désamorcer la tension. Nous cherchons du pétrole.

Elia se demande qui pourrait bien venir jusqu'à Jievnibirsk – sans même être certain que le village existe – pour chercher du pétrole. Des fous ou des visionnaires.

– De l'or noir ? Ici ?

– Il se pourrait qu'il y en ait pas mal.

– Donc vous cherchez de l'argent.

– Et vous, qu'est-ce que vous cherchez, Legasov ? lance cravate bleue.

– Une façon de vous faire taire, s'il y en a une.

Sobolev se mord la lèvre et se lève doucement. Il inspire profondément pour se calmer, et ne pas répondre d'une voix altérée. Les trois autres l'imitent, ils n'ont plus de soupe ni aucune de chance de rester au chaud.

– Merci infiniment pour le repas, monsieur Legasov.

Elia n'a plus suffisamment de patience pour soutenir une conversation et ne sait pas ce qu'il en est de cravate bleue. Il hait les impolis et n'entrevoit aucune raison valable de les garder chez lui.

– Je vous raccompagne.

Il les conduit jusqu'à l'entrée et les salue en leur serrant la main. À tous, sauf à cravate bleue. Leurs regards irrités qui se croisent suffisent. Tous les deux ont tort et aucun ne veut l'admettre.

Elia ferme la porte et retourne au salon débarrasser la table. Il n'a que très peu mangé, mais la faim est passée. Des flammes, il ne reste que les braises.

7

LE CIEL QUI TOMBE

La blancheur dévore le monde.

En regardant dehors par la fenêtre du véhicule, cravate bleue ne peut s'empêcher d'y songer. Rien n'a de forme, de volume, de limite. Tout est parfait, uni et identique, sans fin. Andrej Sobolev cherche la faille, le talon d'Achille de cet écrin de glace. Sans succès.

– Et que va-t-on dire aux autres ?

– Déjà, que le village existe.

– Cela vous paraît suffisant ?

– Amplement suffisant. Je vous rappelle que nous avons étudié une vingtaine de cartes géographiques, et que sur la plupart d'entre elles, le village n'apparaissait pas. La météo nous a été défavorable, et quoi qu'il en soit, il nous faut un canon à air, des hydrophones et des talkies-walkies. Ce qui implique, par la force des choses, d'envoyer sur place une équipe terrestre, ou du moins un navire. Je m'en chargerai personnellement à notre retour.

– Faites attention à ce que vous dites, Sobolev. Je vous rappelle que c'est moi qui dirige et que cette tâche m'incombe. D'ailleurs, l'affaire est déjà réglée : j'ai fait partir un navire d'Arkhangelsk il y a deux semaines pour l'extraction dont vous ne cessez de parler, qui devrait arriver dès demain au large de ce putain d'endroit. Je vous rappelle également que vous êtes ici en tant que géologue, et que je suis de nouveau à deux doigts de vous relever de vos fonctions.

– Bon sang…

– Pardon ?

– Pas à vous, là !

Sans doute pour la première fois depuis qu'ils sont partis, les quatre hommes regardent tous dans la même direction. Ils voient un mur immense, grisâtre et dense, qui se meut rapidement et se dirige droit sur eux. Ils n'ont jamais rien vu de tel. Le vent se met à hurler, la neige tombe plus fort et de plus en plus compacte. En quelques secondes à peine, ils perdent des mètres et des mètres de visibilité. Ils ont peu de temps pour réfléchir et une chose est sûre, ça ne suffira pas.

– Qu'est-ce qu'on fait ?

– Demi-tour. Maintenant.

Le tout-terrain fait volte-face en direction de Jievnibirsk. Ils vont trop doucement, la tempête de neige, assourdissante, grogne derrière eux. Un silence irréel de peur et de détresse s'installe dans l'habitacle. Ils arrivent à l'entrée du village, à une centaine de mètres de chez Legasov, mais la neige les rattrape et immobilise le véhicule. Le moteur se coupe.

– Et maintenant ?

Tous dehors.

Les bourrasques les empêchent de s'orienter, ils se tiennent par la main pour ne pas se perdre, le froid est insupportable, et quand la tempête les encercle, rapide et terrible, ils se mettent à hurler, à crier au secours, leurs syllabes brouillées par la peur de mourir.

Les habitants de Jievnibirsk savent que le village compte quatre nouvelles âmes. Ils en entendent les pas et les cris éperdus, un rythme différent, un bruit de fond inhabituel derrière *Assa* et *Le Syndrome asthénique*. Il neige beaucoup trop pour tenter de les voir, et personne ne songe à leur venir en aide. À Jievnibirsk, il n'y a qu'une seule loi : tout fermer, barricader portes et fenêtres, se renfermer chez soi jusqu'à ce que la tempête cesse. À Jievnibirsk, on parle de la tempête comme du « ciel qui tombe » : la seule chose qui terrifie quotidiennement depuis toujours les habitants. Des blizzards denses et imprévisibles, des masses grisâtres de vent et de froid, rapides et cruelles. Par an il y en a une douzaine, mais lorsqu'ils arrivent, ils font du mal, et beaucoup de mal. Dès le plus jeune âge, on enseigne même aux enfants à en avoir peur : ne jamais sortir, sous aucun prétexte, ne jamais aider personne lorsque le ciel tombe. *Car si tu sors au moment où le ciel tombe, le ciel te fait tomber aussi.*

Puis de nulle part, comme un mirage, l'un des étrangers pointe le doigt en l'air, hurle, les trois autres se retournent et lisent avec lui : FAMILLE LEGASOV, DÉNEIGEURS, JIEVNIBIRSK. Ils pressent le pas et frappent à la porte de toutes leurs forces. Elia est presque emmuré chez lui. Assis devant la cheminée, il les entend arriver mais n'accourt pas tout de suite. Le ciel tombe, ce n'est pas raisonnable, mais s'il ne veut pas les laisser mourir, il n'a pas d'autre choix. Legasov ouvre la porte que le vent lui arrache des mains, et les pousse à l'intérieur. Ils tombent raides sur le sol, écarlates, à bout de souffle, assommés. Elia leur apporte des couvertures en leur criant de rester serrés. Il ôte les gants de chacun, et après avoir enlevé ceux de cravate bleue, il le prend en poids et l'emmène avec lui. Sobolev a l'air endormi, bouge avec une lenteur inquiétante qui n'est pas la sienne.

– Cravate bleue, ne bougez pas et restez éveillé !

Elia a vu peu d'hommes trembler autant qu'Andrej, et il n'a pas compris si son signe de tête était une réponse ou un spasme parmi tant d'autres. Les trois autres sont en meilleur état, mais ne vont pas bien pour autant. Et tandis qu'il leur porte secours, Sobolev revient à lui, rampe jusqu'à la cheminée et approche ses mains du feu. Elia l'arrête à temps.

– Non ! Surtout ne faites pas ça !

Cravate bleue a le regard vide et les veines gonflées, il tourne la tête, hagard, respire faiblement. Elia le gifle à plusieurs reprises pour le maintenir éveillé et y parvient. Il demande au plus alerte des trois d'aller chercher une assiette de soupe. Il l'enveloppe de la quasi-totalité des couvertures qu'il possède. Le vent fait trembler la maison. Legasov songe déjà au parcours qu'il devra effectuer après la tempête, pour dégager la route à la Mouche. Voilà l'assiette.

– Aidez-moi, cravate bleue.

Sobolev fait dépasser des couvertures deux doigts de sa main droite, il ne peut la bouger davantage. Elia la lui prend et l'immerge dans la soupe tiède. Le pouls d'Andrej est faible, sans être inquiétant. Une heure s'écoule et ses yeux se raniment, il respire mieux et reprend des couleurs. Legasov regarde les trois autres, leur dit que son rythme cardiaque a tardé à augmenter, et que s'ils n'avaient pas retrouvé sa maison, ils seraient morts de froid quelques minutes plus tard au milieu de nulle part.

– Je vous ai entendu, Legasov.

– C'est bien ce que je voulais, cravate bleue.

– Merci.

Elia sourit sans s'en apercevoir. Il prend un coussin et le place sous sa tête, un geste délicat et bienveillant de la part d'un inconnu. Sobolev ne s'y attendait pas et le lui montre en lui rendant son sourire. Comme s'il s'agissait de la réponse qu'il attendait. Il indique des yeux la photo sur l'étagère, un bref regard, mesuré, nettement plus prudent et respectueux que la fois précédente. Elia apprécie et comprend immédiatement.

– Cette femme devait être spéciale.

Legasov ne répond pas et change de sujet : oui, ils passeront tous la nuit chez lui, mais il tient à préciser qu'il a bien l'intention de dormir dans son lit, et seul. Il leur dit de s'installer dans le salon, dans la cuisine, qu'il leur donnera toutes les couvertures dont ils auront besoin.

Puis d'un seul coup, à la vitesse à laquelle elle s'est mise à frapper, la tempête cesse, et le village est de nouveau plongé dans le brouillard. Ils trinquent tous les cinq avec un verre de Zveroboj : l'occasion spéciale s'est enfin présentée. Dans la conversation, tous se cantonnent au récit de leurs instants de terreur durant cette course contre le ciel qui tombait. La fatigue les gagne sans épargner personne.

Les étrangers s'organisent pour se reposer. Ils se maudissent d'avoir accepté de se rendre dans ce trou, et remercient le ciel d'être au chaud, à l'abri. Legasov sort pour libérer les routes de la neige tombée au cours des heures précédentes. À son retour, tout le monde dort.

Sans bruit, Elia regagne sa chambre, ferme à clé derrière lui. Il se défait de toutes les pensées susceptibles de lui nuire ou de croître dans son sommeil. Il allume la télévision qui le ramène aux mains et au cou d'Avrora.

Elle est vraiment irréelle, et immortelle, comme lui.

8

LA NUIT

– *Non, ne partez pas, je vous en supplie !*

– *Je reviens vite, Elia, c'est promis.*

– *Non, c'est faux. J'ai peur sans vous.*

– *Moi aussi, si tu savais.*

– *Alors pourquoi vous ne restez pas ?*

– *Je dois l'aider, mon amour, je dois l'aider. Et tout ira bien.*

– *Et comment vous le savez ?*

– *Parce que je suis ta mère.*

– *Et à moi, ils me feront du mal ?*

– *Non, Elia, ne crains rien.*

– *Et comment vous le savez ?*

– *Parce que tu es mon fils. Et que si je t'appartiens et que tu m'appartiens, si nous nous protégeons, comme toujours, tout ira bien.*

– *Je ne vous reverrai plus, n'est-ce pas ?*

– *Non, mon trésor, je reviendrai te chercher.*

– Vous mentez.

– Tu sais que je n'en suis pas capable. À présent écoute-moi, c'est important. Lorsqu'ils te poseront des questions, n'y réponds pas. S'ils te demandent quelque chose, quoi que ce soit, tu ne sais rien.

– Et si c'est à propos de vous ?

– Pense à moi, pense très fort à moi, le plus fort possible, mais ne parle pas. Ils te diront des choses qui rentreront dans ta tête, mon amour, mais n'atteindront jamais ton cœur. Tu te souviens de ce que fait le cœur, mon trésor ?

– Il bat, et c'est tout.

– Exactement. Et il bat uniquement au rythme du mien. Ne l'oublie jamais. Quand tu auras peur, quand tu seras inquiet, et qu'un jour tu t'égares, pose ta main dessus, écoute-le. Et moi je t'aiderai.

– Promis ?

– Promis.

Elia se redresse sur son lit en sueur, sa tête lui fait mal. Il inspire doucement, quitte à faire ralentir les battements de son cœur, et réalise seulement après s'être frotté les yeux à plusieurs reprises que tout ça n'était qu'un cauchemar. Terrible, incompréhensible surtout. Il fixe ses mains tremblantes. Il n'a aucune notion de l'heure, mais le sommeil s'en va. Il se retourne.

Un petit garçon blond pleure. À peine aperçoit-il Elia qu'il vient vers lui à quatre pattes, il ne fuit rien mais se déplace comme si c'était le cas. Il lui serre le bras et se met à hurler.

Puis il disparaît.

9

LES ESTIMATIONS

Depuis quelques instants, un bourdonnement léger mais fort désagréable est entré chez Legasov et a réveillé les étrangers.

L'un d'eux parvient à dégager le volet d'une fenêtre. En pénétrant à l'intérieur, la lumière dessine une forme irrégulière mais semble ne vouloir adhérer nulle part. Elle se brise, glisse le long des murs et vers toutes les pièces, même les plus éloignées, à la recherche d'un recoin sombre où finir son chemin. Dehors, tout est paisible et vide. Il y a de la brume, comme le jour précédent, mais sensiblement moins dense. Ils s'agglutinent dans cet espace, perdus dans leurs pensées, à la recherche d'une ombre.

– Vous le voyez ? murmure l'un d'eux.

Cravate bleue sonde la zone des yeux. Il est lucide et à jeun, a la bouche pâteuse mais les yeux rivés sur ce désert blanc. Il tente d'imaginer de quoi cela aurait l'air s'il y avait vraiment un gisement ici : il visualise déjà l'imposant pétrolier et les lumières rouges clignotant sur les tours, les habitations ouvrières, les conducteurs de travaux faisant des allers-retours entre la plateforme et les points de forage ; les voitures et les délégations d'industriels, d'investisseurs, de deux ou trois magnats qui miseront de l'argent. Il imagine l'engouement de la presse, son histoire sur papier, LA NOUVELLE FRONTIÈRE DE L'OR NOIR et autres titres percutants qu'il hésite à placer en une ou en deuxième page. Cravate bleue ne croit pas aux miracles, mais fait tout son possible pour pouvoir affirmer en être à l'origine.

– Quand est-il censé arriver ?

Quand, c'est une bonne question : personne n'a idée de l'heure qu'il est ni de combien de temps ils ont dormi. Le temps est pris au piège entre la glace et le froid mordant. Heures, minutes, secondes : ici, toutes ces mesures sont dénuées de sens. Cette question s'éloigne et un silence s'installe, de reddition, d'agacement : si le temps ne s'écoule pas, peut-être que l'attente perd aussi sa valeur.

Dehors, en attendant, Stachanov descend de la Mouche et prépare ses caisses.

– Toujours rien ?

Toujours rien, mais quelque chose approche. Dans la baie, un bruit de fond métallique et nouveau fait son apparition, Stachanov l'entend, se retourne. Son geste est instinctif, brusque, mais dès l'instant d'après sa bouche est grande ouverte et il reste figé, pétrifié face à la mer. Mille pensées l'assaillent. Il ne sait pas s'il doit s'émerveiller, essayer de comprendre ce qu'il faut regarder, avoir peur, hurler ou réveiller le village ; dire aux gens d'accourir, de rejoindre la place ou de sortir dans les rues. Il ne sait pas ce qu'est cette masse rouge et sombre qui fend la brume, si gigantesque et proche qu'on pourrait la toucher. Lui, non. Les quatre hommes, si.

– Le voici.

Son nom est *Vidana*, c'est le plus grand pétrolier de toute la Russie, le seul capable de fissurer les eaux, d'arriver jusqu'ici, de faire retentir le bruit de la glace qui se brise. C'est un son étrange, nouveau, et qui réveille tout le monde, y compris Elia.

Andrej lui fait signe d'approcher, car il n'a probablement jamais rien vu de tel. Et c'est vrai. À Jievnibirsk, personne n'a jamais vu ça. Alors, les rideaux des maisons noires s'ouvrent les uns après les autres, et les yeux incrédules de ces êtres solitaires se détachent du téléviseur et de la vacuité manifeste d'une vie entière. Certains observent, d'autres réfléchissent ou prient.

Boris se recroqueville en dessous de la fenêtre en faisant uniquement dépasser ses cheveux grisonnants et ses pupilles dilatées. Matvej observe depuis l'auberge et son auriculaire tremble énormément. Il ne sort pas, ils ne sortent pas. Ils ne veulent pas regarder la scène sinon derrière une vitre, qui leur garantit la possibilité de pouvoir tout fermer, d'attendre que ça passe. Pourtant, Legasov sort. Les étrangers aussi.

– Il est parti d'Arkhangelsk il y a quelques jours. Il essaie de s'approcher le plus possible de la côte pour que les estimations soient les plus précises possible, explique Andrej.

– À quel propos ?

– Des pièges. S'il y en a. Mais il devrait y en avoir.

– Des pièges ?

– Les gisements de pétrole.

Cravate bleue indique la mer. Le navire s'arrête et une douzaine d'hommes dotés de casques jaunes préparent les équipements. À l'arrière, ils installent des tiges de forage.

– Et maintenant ?

– Ils vont plonger dans l'eau un canon à air comprimé. Lorsqu'il tire, les instruments enregistrent les ondes des répercussions qui se propagent en mer.

Terme après terme, Legasov écarquille les yeux, avec toute la sincérité d'un homme qui n'a pas compris les trois quarts des mots.

– C'est-à-dire ?

– Nous mesurons l'étendue du gisement.

L'opération se poursuit toute la matinée, sans relâche.

Le ravitaillement s'effectue, mais rapidement, sans que personne regarde au-devant, observe cette nouveauté qui a fait irruption. Les quatre étrangers se remplissent enfin l'estomac et regagnent leur véhicule, qui démarre par miracle.

Ils disent que le navire restera encore stationné plusieurs heures avant de repartir. Que si tout va bien, ils reviendront vite, d'ici quelques semaines. Sinon, c'est un adieu.

– J'ai le sentiment que ça ne le sera pas, cravate bleue.

– C'est ce que je pense aussi.

– Alors à très vite et portez-vous bien, Sobolev.

– Portez-vous bien, Legasov.

Le véhicule repart vers *l'extérieur* ; c'est comme si la blancheur perdait sa pureté. Legasov prend le chemin du retour, mais un bruit familier l'arrête. Il se retourne : la Mouche. Stachanov descend de l'habitacle, s'adresse à lui, et sa voix n'est pas ferme mais blessée, écorchée. Elia ne l'a jamais entendue, personne ne l'a jamais entendue. Sa pensée s'attarde sur ce détail, et il saisit à peine ce que lui dit cet homme.

– Que vont-ils amener, Legasov ? demande-t-il en indiquant le navire.

– Du temps, répond Elia.

Et la Mouche repart en vitesse, pour ne pas se laisser assaillir par un sentiment de profonde méfiance à l'égard de la situation.

10

L'INVASION

Du bruit.

Il n'y en a jamais eu, à Jievnibirsk. Il vient de très loin, comme un crescendo. Un cri des troupes, dans une guerre contre le sort déjà perdue d'avance. Peut-être.

Ils arrivent, et tout le monde comprend. Une ligne noire ondulante divise la neige en deux et dessine les enfers. Une vague de deux cents véhicules qui déferle vers Jievnibirsk pour se jeter dans la mer. Elle semble tout droit sortie des rêves les plus fous de ceux qui appelaient au secours et espéraient que, tôt ou tard, quelqu'un les emmènerait loin d'ici.

Certains, les plus confiants, embrassent ces hommes comme s'ils étaient les premiers êtres humains qu'ils rencontraient depuis des années ; d'autres attendent chez eux et leur méfiance s'estompe en les voyant dire bonjour et se montrer aimables. Au contraire, d'autres se tapissent, car l'étranger colporte toujours des mésaventures, et après l'invasion – car il y aura une fin – ils se vanteront d'avoir compris, depuis le début, que tout redeviendrait comme avant.

Cravate bleue mène cette armée sur roues. Il a les yeux d'un homme qui court vers la victoire, l'expression de celui qui a pleinement conscience de ne pas pouvoir perdre : il avait vu juste, il y en avait, de l'or noir, un immense gisement comme il n'en avait jamais vu. Aux investisseurs, il avait déclaré ne jamais s'être lancé dans un tel projet, et qu'il ne l'aurait pas fait si les chiffres, les calculs, n'avaient pas parlé d'eux-mêmes, comme cette mer de glace où tous ces gens sont désormais rassemblés.

Il sait qu'il y arrivera. Il doit y arriver.

Le projet de Jievnibirsk est gigantesque et tourne autour du Mastodonte, un colosse métallique flottant, l'une des plus grandes plateformes de toute la Russie. L'implantation, paraît-il, aura également une base terrestre, plus quelques dizaines de préfabriqués disposés tout autour, entre les entrepôts et les logements ouvriers. Les carottes destinées aux premières manœuvres ne devraient pas tarder à arriver, et il n'y a jamais eu, dans ce village, autant d'agitation dans l'air.

Au terme de son parcours, Legasov aperçoit Sobolev coordonner le chantier.

– Vous avez vu, Legasov, ce que je vous ai ramené ?

– De la vie, cravate bleue, beaucoup de vie.

– Andrej, appelez-moi Andrej.

Le regard de Sobolev a quelque chose d'enfantin, il n'est plus ce regard perdu dans le ciel qui tombe. Il a les yeux bleus, presque du même bleu que les siens. Et ces yeux sont vivants.

– Et vous, Elia. Bienvenue à Jievnibirsk.

L'air est différent, les couleurs ne sont plus les mêmes. La blancheur a perdu son hégémonie, et la baie semble respirer. Les gens déambulent dans les rues, l'auberge redevient l'épicentre du village, le monde a découvert l'existence de ces âmes. Aux miracles, Legasov y a toujours cru, mais jamais il n'aurait pensé en vivre un ou en être le témoin. De la magie. Comme si quelqu'un avait rompu le sortilège, cette terrible malédiction qui les avait longtemps enchaînés au néant, trop longtemps. La musique résonne de nouveau dans le village, des chansons étrangères qu'Elia ne comprend pas mais apprécie.

Emozioni.
Una vita che scivola via.
L'inventario dei miei giorni migliori.
Per un cuore senza ipocrisia.

Le froid paraît moins vif et les journées plus douces. Les gens se retrouvent, se reconnaissent, ont dans leurs mains une énergie nouvelle. On voit de la lumière, de la vie, dans les maisons.

Delusioni.
Sono quelle che ti uccidono dentro.
Per un uomo come me sincero.
Che quando crede, ci crede davvero.

Ils y croient ensemble, ardemment, à cette nouvelle tournure qu'ont pris les événements. Tous en ont désormais conscience : quelque chose d'important est en train de se jouer. Et même si rien ne se passe comme prévu – car le risque est toujours là – ils ont compris qu'un changement était possible, que les rencontres enrichissaient, que la nouveauté n'était pas à craindre, plus maintenant.

Emozioni.

Le mie canzoni che sfidano il tempo.

E i giorni neri spazzati dal vento.

Comme leur sort est étrange : condamnés à ne pas vivre, puis à renaître tout à coup.

11

LE CADAVRE

L'ouvrier qui a découvert le crâne et les morceaux de chair a vomi pendant plusieurs minutes avant de prendre ses jambes à son cou en criant de venir voir, qu'il y avait un truc mort enseveli sous la neige, mais depuis longtemps, qui avait comme fondu. Il ne sent pas le cadavre, mais est tellement putréfié et déchiqueté qu'il n'est pas aisé de comprendre s'il s'agit d'un homme ou d'un animal. L'ordre est donné de ne toucher à rien, la *militsiya* est alertée, la zone bouclée.

Les habitants de Jievnibirsk ont appris la nouvelle, et se sont tous rassemblés en ovale, autour du périmètre. Matvej ferme l'auberge et accourt sur les lieux, sans même avoir eu le temps de comprendre ce qu'ils avaient trouvé. Un monstre, disent-ils. Ou ce qu'il en reste.

Elia est déjà à mi-parcours lorsque Boris vient à sa rencontre en faisant de grands gestes, et comprend aussitôt qu'il est arrivé quelque chose de grave, d'inhabituel. Gligorov pénètre dans l'habitacle, terrorisé, en balbutiant des mots sans cohérence et décousus. Lorsque Legasov coupe enfin le moteur, il parvient à leur donner du sens.

– Il y a un problème, on a besoin de toi.

Elia n'a même pas le temps d'écouter le début de l'histoire que cravate bleue vient à sa rencontre, accompagné de six ouvriers et de deux agents de la milice : il leur faut des pelles, au moins cinq. Legasov ouvre la remise, prend toutes celles qu'il possède et les leur tend. Il doit continuer, son parcours n'est pas terminé, et si on la laisse trop longtemps, la neige devient mauvaise.

Ils se mettent en cercle autour de la tête et creusent, en essayant de fixer leur regard sur les pieds pour ne pas apercevoir, ne serait-ce que du coin de l'œil, les ossements de ce corps.

– Alors c'est un corps ? demande quelqu'un derrière.

– C'était, répondent-ils. Et l'ovale devient cercle, se resserre.

Tout autour, la neige s'est presque consolidée, et plus ils creusent, plus elle devient sombre, sale, grise. Quelqu'un découvre des bottes, un autre des genoux, un troisième un avant-bras. Au bout d'une heure de travail, ils parviennent à déterrer le tout : du corps ne reste plus qu'un amas grisâtre de muscles, d'os et de vêtements. Il semble être assis, le dos légèrement courbé et les deux bras renversés du côté gauche ; ses jambes sont parallèles et en décomposition. Il porte des vêtements sombres, ses os ne présentent aucune marque ni lésion, et il est aisé de conclure qu'il est mort de froid. Dieu seul sait quand.

Le cercle se brise, les gens se rassemblent à côté du squelette et tous les regards s'assombrissent.

Nombreux sont ceux qui l'ont déjà remarqué, certains font semblant de ne pas voir, mais sans grande crédibilité. Matvej a déjà trop souvent observé ce symbole pour ne pas faire le rapprochement. Ses mains tremblent, il est en sueur, pris de vertige, cherche des yeux quelqu'un susceptible de lui dire qu'il se trompe – et il l'espère. Tout le monde le dévisage. Boris pose sa main sur son épaule, ils se serrent l'un contre l'autre, leurs yeux vitreux rivés sur le manteau du mort, comme si cette inscription sur la poche avait donné à ce tas d'ossements une tout autre dimension.

– Qui le lui dit ?

Les murmures se perdent et se bousculent dans les esprits : *ce n'est pas lui, c'est impossible, mais lequel d'entre eux, et pourquoi ici, de sombres histoires, mais depuis quand,* et autres spéculations davantage tordues. Les miliciens se concertent, ainsi que leurs supérieurs. Malgré l'information qui circule entre les grades, les visages restent les mêmes et toujours impassibles.

– Où est-il ?

Le commandant frappe à la porte sans savoir comment il va réagir. Il redresse son dos comme on le lui a appris à l'école militaire, fronce les sourcils, tire sur sa veste d'uniforme, patiente en se demandant quels termes utiliser, s'il faut être protocolaire ou humain. Lorsque la porte s'ouvre, il ne s'y attend pas. Elia le fait sans réfléchir, prêt à remettre à leur place les pelles qu'il a prêtées.

– Legasov, j'ai à vous parler.

– Entrez, je vous en prie.

– Pas ici.

Elia est escorté jusqu'au cadavre. La neige semble retenir leurs pas, leur progression se fait plus difficile. La foule leur tourne autour et encercle la zone. Ils savent tous ce qui va se produire, mais personne n'a le courage de le lui faire comprendre. Ils restent muets, comme des statues, les pieds ancrés au sol et les yeux rivés sur son visage.

– Legasov, vous reconnaissez cette écriture. N'est-ce pas ?

Le mort lui fait impression, mais comme il n'a plus rien de vivant, la nausée l'abandonne. Elia se penche et regarde le manteau. Sur la poche, en cyrillique, une inscription : FAMILLE LEGASOV, DÉNEIGEURS, JIEVNIBIRSK. On lui donne une photographie, en noir et blanc. Le mort, son père, la tenait dans sa poche.

Au verso, il est écrit au stylo :

Oubliez-moi. Georgij Legasov.

12

LE PASSÉ

Elia hurle. Il a fermé toutes les fenêtres, la porte, la remise. Il parcourt les pièces, se pose des questions qu'il laisse sans réponse et ralentit, toujours davantage, comme si la douleur le terrassait, le clouait au sol.

Lorsqu'il s'arrête, Legasov s'écroule. C'est seulement allongé qu'il parvient à respirer correctement. Cette photo de famille, nette et jaunie, est figée devant ses yeux. Avec le temps leur nombre avait diminué, mais quand Jievnibirsk était autre chose qu'un tas de ruines, la famille Legasov comptait quatre membres, par ordre décroissant : Georgij, le chef de famille, travailleur respectable, pilier pour la communauté, excellent pédagogue, un modèle d'homme et de père, sincèrement estimé et envié de tous ; Elia, l'enfant chétif aux yeux azur incapable de sourire ; son frère jumeau, Foma, la vie invisible ; Eva, épouse et mère qui se fraie derrière eux une toute petite place. Ce visage vient brouiller le plus beau souvenir d'Elia, sa plus grande certitude : dans l'immensité infinie du vide, une femme pensait à lui, l'aimait. Sur la photo, tout le monde sourit sauf elle. Ses lèvres sont entrouvertes, prêtes à hurler, elle semble sur le point d'éclater en sanglots, mais ne rien vouloir laisser paraître. Pour Elia, sa mère était invincible. Il l'a découverte mortelle.

Le froid avait entièrement dévoré le souvenir de ces instants, et c'est à ses fantômes qu'Elia les avait livrés. Il était persuadé qu'il ne restait plus rien de la crainte, de l'angoisse profonde qui suivait ces quatre âmes asphyxiées à travers les pièces, dans les rues, sur la neige. Tout était resté intact. Un Legasov n'oublie jamais, en dépit de tous ses efforts. Ce qui a été enfoui remonte à la surface sans aucune cohérence, le souvenir des souffrances lestées de plomb par Elia et vouées à la noyade réémerge des profondeurs.

La famille Legasov était la plus respectée du village. Uniquement car personne n'avait jamais réussi à comprendre, à voir au-delà de ce qu'ils disaient ou montraient. Grâce à tout un tas de machinations effroyablement complexes, de secrets qu'Elia connaît bien mais n'a pas le courage de regarder en face. Le vieil homme aspire au silence, pourtant Boris continue de lui parler. En admettant qu'il l'écoute.

– Tu as compris ?

– Quoi, Boris ?

– Il faut que tu manges, nom d'un chien !

Comme un enfant, Elia fait tourner la cuillère sur le bord de son assiette dans le sens inverse des aiguilles d'une montre. Tout en écoutant le son produit par le contact du métal et de la céramique, il fixe l'épicentre de cette bouillie verdâtre de chou-fleur et de betterave.

– Je n'ai pas l'appétit, mon ami.

– À cause d'une chose ou de l'autre ?

La cuillère s'arrête. Legasov relève la tête, mais son regard tendre, paisible, ne lui appartient plus. Les battements de son cœur ralentissent, il a retrouvé toute la lucidité d'esprit dont l'alcool et la douleur l'avaient privé. Il n'a plus l'air fatigué ni épuisé. À présent, il n'y a plus que l'homme et son âme déchaînée.

– Explique-toi.

– C'est le cadavre qui te fait perdre l'appétit ou le fait de tout savoir ?

Leurs visages s'assombrissent, comme s'ils venaient de redécouvrir une zone d'ombre, par laquelle ils auraient voulu ne plus jamais passer. Boris murmure un *pardon*, mais s'arrête à la quatrième lettre, conscient d'avoir violé ce magma d'extrême confidentialité dans lequel Elia a toujours voulu baigner.

– Penses-tu que la vérité éclatera au grand jour, Boris ?

Gligorov ne s'attendait pas à cette question qui sonne comme une menace. Il se raidit.

– Bien sûr, reste à savoir comment : si elle éclatera d'elle-même, ou si quelqu'un la fera éclater.

Elia retourne la table, la soupe se renverse, l'assiette se brise en mille morceaux. Instinctivement, Boris recule en se levant de sa chaise, la peur dans l'âme, l'aboiement défensif de Sobaka et les cris terriblement inhumains de son ami dans les oreilles. Il ne le reconnaît pas, ou peut-être que si. Petit à petit, sa rage faiblit, au fur et à mesure que l'air désemplit sa poitrine. C'est Legasov qui brise le silence qui s'ensuit, mais quelque chose s'est brisé, au-delà de sa voix.

– Tu sais combien ça me fait du mal.

– Bien sûr, et je suis bien placé pour le savoir.

– Alors pourquoi tu as fait ça ?

– Pour te prévenir : la neige t'a trahi, mon ami. Et tu n'es pas prêt.

– Je n'ai jamais voulu l'être. Jamais.

Boris se lève de sa chaise encore tremblant et regarde dehors. Son regard est dur mais lucide, probablement résigné face à la réalité des choses et des vies, dissimulées pendant bien trop longtemps.

– J'ai toujours su que ce jour arriverait.

– Quel jour, Boris ?

– Le jour où tu aurais peur.

Les deux hommes se prennent dans les bras l'un de l'autre et se pardonnent. Sans dire un mot, ils remettent en ordre la salle à manger. Legasov essuie le plancher : le bois empeste la liqueur et la betterave. Boris enlève la nappe à tournesols et lave les couverts tombés par terre. Il indique la queue qui se détache du mur.

– Tu peux le sortir, s'il te plaît ?

– Bien sûr.

Elia appelle Sobaka, mais le chien se met à grogner. Il n'a jamais grogné en treize ans, cela transforme son museau, lui donne l'air féroce, dangereux. Legasov essaie de l'approcher, mais ses aboiements sont secs, de plus en plus puissants, et le son monte. Sa queue est raide et immobile. Legasov hurle lui aussi à présent, pour lui rappeler qui est le chef et qui commande, mais ses cris empirent les choses, les font vaciller pour les faire tomber. Boris intervient, et quand il s'approche, le chien remue la queue et gémit comme il l'a toujours fait en présence de ces deux êtres humains et de leurs caresses. Mais dès qu'il s'éloigne et qu'Elia revient dans son champ de vision Sobaka se fige, se place entre son maître et l'agresseur, prêt à bondir. Legasov doit faire vite.

– Prends la muselière.

Boris la lui met et son cœur saigne : la dernière fois qu'il l'a utilisée il n'était qu'un chiot, elle ne lui va plus et il force dessus.

Elia regarde sa cuisine qu'il a mise sens dessus dessous, cette maison – il n'y a jamais songé – à laquelle il se sent intimement lié. Il appelle Boris une dernière fois, mais le son de sa voix est si faible qu'il ne l'entend même pas. Elia a de la chance que cet homme fasse partie de sa vie, il en est presque ému.

13

L'HIBERNATION

L'hibernation, c'est le monde qui attend.

En quelques heures, le ciel de Jievnibirsk devient un clair-obscur et scinde la mer en deux : c'est le commencement de la fin et la fin du commencement. Cela se répète, chaque année, comme un cycle maudit de péchés et d'expiation. Le soleil sombre au fond des eaux et ne refera pas surface avant six mois. La nuit se répand et engloutit le village, efface les couleurs. Depuis le début de l'hibernation, tout le monde prie, et chaque jour. Les pièces deviennent des cathédrales, leurs recoins des autels, leurs parois des murs de lamentations d'où invoquer et bénir le Tout-Puissant, pourvu que l'on abrège la durée de cet enfer, de cette longue nuit, qui ne laisse rien voir si ce n'est le fond des choses, des pensées qui viennent semer le trouble, déranger.

La brume ne laisse jamais entrevoir les étoiles, et certains pensent que l'auréole jaunâtre qui point au travers des nuages n'est autre que la lune. Au village, on s'éclaire faiblement, en grande partie à l'halogène, bien que certains utilisent encore des lampes à huile. Le silence et la solitude font perdre la raison aux esprits les plus tenaces, et tous les suicides – car le village connaît aussi ce phénomène – adviennent au cours de cette période : généralement, les gens se laissent mourir de froid. La tradition veut qu'avant d'en finir et de sortir de chez soi pour ne jamais revenir, on éteigne les lumières. Les maisons vides et plongées dans le noir sont celles des morts. À Jievnibirsk, on en a perdu le compte, mais on les aperçoit lorsque, au passage de la Mouche, les pièces ne s'allument pas.

C'est la première hibernation des *envahisseurs*, et les habitants du village sont quasiment certains que ces gens-là n'ont pas la moindre idée de ce qui les attend : l'obscurité n'épargne pas les pensées, prive de leur consistance les jours et les objets. Le fond des choses se soulève d'un cran, comme du relief, et demeure ainsi jusqu'à qu'on trouve le moyen de le tasser encore. Mourir est la seule façon de survivre. Quitter son âme, se détacher. S'éteindre, simplement, est la seule façon d'affronter la nuit.

Au volant, Elia ne semble pas lui-même. Il se mord les lèvres, s'arrache les ongles, pense que tout est fini. Il divague, et les bruits extérieurs sont une cacophonie de voix inconnues. Le village s'agite, les lumières dessinent des tunnels et des silhouettes lointaines qui pour lui sont des monstres. Quand il passe au travers, il s'étonne de voir qu'ils ne le griffent pas mais l'observent, pour comprendre ce qu'il pense et comment le réconforter, s'il existe un moyen de comprendre sa douleur.

Du côté droit de la route, Matvej s'adresse à lui comme à un enfant sur le point de pleurer.

– Allez, courage, Elia.

Ces mots ne l'aident pas, au contraire ils le font enrager. Comme si être courageux était facile, comme s'il suffisait de le dire. Ça ne suffit pas, non, car tous les démons se ressemblent, mais les siens sont réels et le menacent, l'éloignent des lieux où il a choisi de rester. Le courage n'est d'aucun secours, il faut disparaître. Du courage, dit-il, sans savoir que malgré sa souffrance, il emploie toutes ses forces pour ne pas céder. Il finit par laisser tomber, et la rage l'abandonne.

– Merci.

Matvej le laisse passer. Ils savent tous les deux qu'il s'est tué en silence, pour disparaître, mais cela semble sans importance, du moins à ce moment-là. Georgij Legasov est mort. Pourtant dans leurs souvenirs, même ébréchés, il n'a jamais été aussi vivant. Elia repart, mais le vacarme qui tyrannise son esprit depuis plusieurs heures ne lui laisse aucun répit.

– *Geo, je crois que je suis enceinte.*

– *Encore ?*

– *J'ai beaucoup trop de retard. Tu n'es pas heureux ?*

– *Nous avons déjà deux enfants, dont un inutile. Nous n'avons pas le temps d'en élever un autre, et encore moins l'argent pour le faire.*

– Comment peux-tu dire ça ? C'est un autre cadeau de Dieu.

– Non, une charge supplémentaire.

– Un immense bonheur nous arrivera de là-haut pour la troisième fois, je pense que nous devrions remercier le ciel. Nous lui donnerons le nom d'un envoyé de Dieu. Nous le devons au Christ.

– Il ne portera pas de nom, nous n'aurons pas d'enfant, pas un autre. Nous ne pouvons pas, Eva. Nous ne pouvons plus. Tu t'en déferas. Et si tu ne le fais pas, je m'en chargerai moi-même à sa naissance.

– Docteur Sobolev ?

Cravate bleue est submergé par tout un tas de tableaux et de cartes, de différentes formes et dimensions. Il sait bien que laisser la porte de son bureau ouverte invite à y entrer, mais il n'a même pas le temps de se lever pour aller la refermer.

– Oui. Vous êtes ?

– Matvej Vasil'ev, le propriétaire de l'auberge du village.

– Bon à savoir pour nos prochaines beuveries, alors.

– Je peux vous parler une minute ? Je ne vous en vole qu'une.

Andrej immobilise ses mains et le regarde droit dans les yeux.

– Je ne vous en aurais pas accordé une de plus.

– C'est à propos d'Elia Legasov, docteur. Je ne l'ai jamais vu aussi perdu, si hors de lui. Votre regard extérieur pourrait lui faire du bien.

Ces présupposés laissent envisager une discussion potentielle, dont la durée pourrait varier entre quinze et vingt minutes. Cravate bleue ne les a pas. Le chantier prend du retard à cause du froid et du manque de main-d'œuvre, la milice est en train d'effectuer les derniers prélèvements sur le corps, et tout semble inexorablement aller de travers.

– Je crains que votre minute ne soit écoulée, Vasil'ev.

– Bien. Trouvez-en une pour lui, docteur.

Matvej sort en vitesse, il le fait exprès, brusquement. Il marche dans les rues et, pour la première fois, perçoit de l'agitation dans le village : des gens confus, un air lugubre ; la neige est un miroir opaque qui ne réfléchit pas mais grossit les visages éprouvés par le travail et le froid.

Sur le chemin de l'auberge, il est suivi jusqu'à la place par un grand homme impassible. Matvej se retourne pour voir son visage : il l'a déjà remarqué la veille, lorsqu'ils déterraient le corps, mais pas de si près. Ses pas saccadés l'impressionnent, l'effraient, ils ne peuvent être que ceux d'un militaire, et cette pensée lui glace le sang. Il accélère.

L'homme le suit toujours, en lui laissant quelques mètres d'avance pour comprendre dans quelle direction aller et pointe sa torche dans son dos. Matvej sursaute, attrape ses clés et s'agrippe à la porte, mais sa main tremble et la clé ne rentre pas. Il parvient à ouvrir, mais avant qu'il n'ait le temps de s'enfermer à l'intérieur et de murmurer *nous sommes fermés* ou quoi que ce soit d'autre, on prononce son nom.

Son cœur tambourine dans sa poitrine, il laisse la porte entrouverte, se retourne et lève les yeux pour affronter la silhouette qui lui a fait de l'ombre pendant tout ce temps, et à laquelle désormais il ne peut plus échapper.

– Vasil'ev ?

– Oui. Vous êtes ?

– Commandant Petrov, milice de Vorkuta. Puis-je vous poser quelques questions ?

Les questions le terrorisent : *Des questions sur qui ? Des questions, à moi ? Des questions sur quoi ? Des questions pourquoi ?* Petrov le remarque et laisse la peur opérer, pour faire surgir ce qui l'intéresse.

– Est-ce nécessaire ?

– Je crains que oui, monsieur.

14

JOURNÉES BLANCHES

– J'espérais ne pas vous déranger.

– Vous ne me dérangez pas, cravate bleue.

Andrej connaît très peu Elia, mais suffisamment pour comprendre qu'il n'est plus lui-même. Il parle lentement, ses paupières tremblent ; sa voix s'est faite plus rauque, plus dure. À cet instant, il ne boit pas, ne fume pas, ne prie pas. Il songe seulement que la douleur est ce qu'il y a de plus rapide à gérer quand une plaie se referme. Comme s'il n'en avait qu'une, comme si elles n'étaient pas toutes plus béantes les unes que les autres.

– Comment allez-vous, Legasov ?

– Pourquoi tenez-vous à le savoir ?

– C'est ce que font les amis.

– Nous ne sommes pas amis, cravate bleue.

– J'ai le sentiment que nous allons le devenir, Legasov. Et en tant que futur ami, vous avez tout intérêt à me dire comment vous vous sentez.

– Et pour quelle raison ?

– Vider votre sac, Elia. Vous délester du poids qui pèse sur vos épaules, et laisser les autres vous en soulager.

– J'apprécie votre aide, Sobolev, mais je n'ai actuellement pas la force de vous parler.

– Pourtant, je lis dans vos yeux que vous en avez désespérément besoin.

Elia s'allume une cigarette. Cravate bleue le fixe intensément, les yeux empreints d'humanité. Ce regard, Elia voudrait le lui rendre, si seulement il parvenait ne serait-ce qu'à accepter la profonde pitié qu'il suscite. Une dizaine d'images de lui-même, sans date, continuent à défiler devant ses pupilles. Il voudrait les lui montrer, pas toutes peut-être. Il irait même jusqu'à se confier : Legasov ne l'a jamais fait. Il se dit qu'évacuer ne lui ferait pas de mal, au contraire. Il tire quelques bouffées de tabac pour se calmer, et indique le canapé à Sobolev. Étonné, le géologue s'assied. Andrej n'a pas le temps de penser à ce qu'il pourrait dire pour estomper le malaise qu'Elia s'installe à ses côtés et remue la tête.

– Voyez-vous, cravate bleue, il existe trois maximes à connaître par cœur pour vivre à Jievnibirsk, je prenais encore le sein quand on me les a apprises. *Vie égale blancheur, blancheur égale neige, neige égale oubli.*

– Ce qui signifie ? Pour un étranger…

Elia esquisse un sourire et se tourne vers lui. Il sait qu'un étranger n'en cueillera jamais réellement le sens, car il faut vivre à Jievnibirsk pour comprendre qu'il neige aux enfers, que le mal s'empare de la douleur et fait naître l'hiver.

– *Vie égale blancheur*, car nous vivons la couleur de ces espaces immenses et isolés, sans âme. *Blancheur égale neige*, autrement dit la seule chose qui a appris à se laisser tomber dans un endroit où tout a été destiné au néant. *Neige égale oubli*, car les flocons recouvrent le peu de choses qui subsistent, et que seul persiste le mal de vivre dans nos âmes rongées par le froid. Puis de nouveau *vie égale blancheur*, et ainsi de suite. Et ma famille en a rajouté une.

– C'est-à-dire ?

– Les Legasov n'oublient jamais.

– La raison pour laquelle vous déblayez la neige ?

– Oui. Nous nettoyons le monde.

– Vous nettoyez le monde, mais pas le vôtre.

– Expliquez-vous, cravate bleue.

– Vous ne m'avez pas encore dit comment vous vous sentiez. Pas un mot. Vous avez fait prendre une tournure différente à la conversation, ce qui signifie que vous ne voulez pas en parler, et que vous travaillez dur uniquement pour occuper à la fois vos journées et votre esprit. Vous ne vous dévoilez jamais, Elia. Et ça m'intrigue.

Andrej est très sérieux, mais cela fait rire Legasov. Il se mord la lèvre, balance son pied droit d'avant en arrière, d'arrière en avant. Il tente de fixer son regard sur quelque chose qu'il ne trouve pas.

– La neige que vous avez là-dedans, Elia : c'est elle que vous devez déblayer. Vous ne pouvez plus vous permettre d'oublier, maintenant que de telles choses refont surface.

Elia se lève pour fuir la conversation, se met à la fenêtre, regarde la mer. Il pourrait passer des heures à inspirer et expirer devant la vitre, en observant la buée disparaître. Il cherche un autre bloc de glace qui se serait détaché, mais rien.

– Tout va changer à partir d'aujourd'hui. Vous le savez, n'est-ce pas ?

– C'est-à-dire ?

– C'est-à-dire qu'hier, le cycle des journées blanches a pris fin. À partir d'aujourd'hui, elles cèdent leur place aux noires. Vous avez choisi un très bel endroit, mais un très mauvais moment pour vous y rendre.

– C'est le cas, en effet. C'était le destin. C'est toujours le destin.

– Vous avez raison.

– À quel propos ?

– Sur le fait que nous pourrions être de bons amis.

– Je n'avais pas précisé *bons*.

– Mais nous ne le sommes pas encore. Donc pour savoir ce qui se trouve sous la neige, il nous faudra attendre d'être de bons amis.

Elia se dirige vers la porte d'entrée, et Andrej boutonne son manteau. La fermeture à glissière à tendance à se coincer dans un morceau de tissu, et à mi-parcours, il doit tirer d'un coup sec pour pouvoir la fermer. Un silence étrange et réconfortant s'installe entre eux. L'un a aidé l'autre, et celui-ci l'a découvert.

Sur le seuil, Sobolev susurre une phrase, sans doute la seule qui jusqu'à présent lui soit sortie du cœur.

– Je pense n'avoir jamais autant souhaité m'occuper de quelqu'un.

Elia le regarde avec douceur ; ses yeux remercient pour lui. La pureté de son ton l'a touché. Il ouvre la porte et songe à le prendre dans ses bras avant de le laisser partir. Mais le moment ne s'y prête pas, et ils n'ont pas encore l'intimité nécessaire. Il ne peut que répondre lui aussi avec son cœur, avec cette même tendresse nouvelle, qui en réalité est une invitation à revenir quand il veut.

– Moi aussi, cravate bleue. À bientôt.

15

LES PIÈGES

– Connais-tu la différence entre un regret et un souvenir, Boris ?

Ils ont presque bu la moitié d'une bouteille de Zveroboj, l'alcool parle désormais pour eux. Dehors, il fait nuit noire. Le village est allé se coucher, mais eux sont toujours là, à regarder le ciel depuis la même fenêtre que lorsqu'ils étaient enfants. Parfois les nuages arrivent de la mer sans savoir où aller, se dispersent puis révèlent un ciel parsemé d'étoiles, sublimes et lointaines.

– Le regret se ressent et le souvenir se voit ?

– Sans doute, dit Legasov.

Il boit.

– Mais j'ai une autre théorie.

– Dis-moi.

– Le souvenir se transforme, pas le regret : il est statique, froid, et pèse sur tout. Le souvenir, tu peux l'effacer, le modifier. Le regret lui, reste, ne part jamais, ne s'ensevelit pas, ne capitule pas.

La tête lui tourne mais doucement, comme si le monde ne tournait pas mais reproduisait lentement les mêmes pas de danse, et tout ce qui se tient à distance se rapproche, semble venir à lui. Elia respire et voudrait apprendre à exécuter cette danse, sans tomber, pour inverser le sens de rotation du monde dans sa tête, et le laisser partir.

– Sais-tu quel est mon plus grand regret, Legasov ?

– De ne pas être parti ?

– Non. Je ne me connais pas, Elia. Je voulais partir pour apprendre à me connaître. Et finalement je suis resté, en pensant que d'une certaine manière, je finirais par découvrir qui j'étais, mais non. Je suis vieux et je ne me connais pas. Qu'est-ce que j'aime ? Qu'est-ce qui me fait du bien ? Je suis toujours puceau, je n'ai fait que boire et vouloir disparaître.

– Tu ne m'en as jamais parlé.

– Parce que tu ne peux pas comprendre.

– Bien sûr que je peux.

– Non, tu ne peux pas. Toi, tu sais qui tu es, et pourquoi tu es venu au monde. Oui, tu as des regrets, comme moi, mais tu as des souvenirs que je n'ai pas. Toi, tu es Elia Legasov, fils de Georgij Legasov et Eva Kamenev. Ton frère s'appelait Foma. Tu as consacré ta vie à quelque chose de grand, de plus grand que toi. Je sais que tu penses ne pas savoir qui tu es. Putain, je te connais mieux que moi-même. Je sais que tu penses seulement savoir ce qu'est un Legasov. Moi, je sais qui est Elia. Je sais de quoi tu as peur. Je sais ce que tu caches. Je sais ce que tu es prêt à faire pour laisser la neige là où elle est.

Ils pleurent ensemble, le ciel se couvre.

– Ce sont les pièges, dit Elia en sanglotant. Il y a trop de pièges dans ce village.

– Oui, c'est vrai.

– Et qui les a posés ?

– Toi, Elia, merde ! C'est toi qui les as posés, tu en as mis partout.

– Pourquoi ?

Boris lâche un rire hystérique qui résonne entre les murs, et le fait presque avaler de travers. Il le regarde, comme on regarde un homme seul.

– Pour ne pas oublier.

16

JOURNÉES NOIRES

Disparaître.

À l'idée que ses souvenirs puissent le faire, Elia perd pied. La plupart sont des dialogues ou des fragments de vie, un peu comme des photographies. Des petits instantanés de bonheur fragile, plus légers et aisés à garder en mémoire.

Cette couche sur le fond, la plus dure, est un amas de souvenirs dévastateurs, de cauchemars tordus et absurdes, jonchés d'obscurité et de folie. À chaque fois qu'émerge l'un d'entre eux, il s'agrippe si fort à son esprit que Legasov ne peut s'en défaire, si ce n'est au bout de deux jours ou d'une bonne dose de Zveroboj et de cris. Tous les autres s'effacent. Elia reprend toujours de zéro : il déteste laisser son âme dans le noir, lorsqu'il a trouvé le moyen de l'éclairer encore. Si se souvenir veut dire se retrouver, Legasov n'a pas le choix, même si ça fait mal. Il entre dans sa remise, s'assied et fixe les pelles.

Quand il était petit, celles-ci étaient si lourdes qu'elles lui faisaient mal, mais pas assez pour l'empêcher de les soulever. Il devait les ranger, chaque jour, en fonction de la longueur du manche et de la taille de la pelle. S'il en posait une au mauvais endroit, une seule, il lui fallait reprendre de zéro. Elia avait passé des nuits entières dans cette remise glaciale. Des heures et des heures dans le noir, à se dire qu'il était né pour rien. Il ne souriait jamais. Il était descendu trop vite et trop longtemps dans les abysses des choses. Personne n'y va jamais car l'on s'y perd, d'autant plus facilement quand les journées sont noires et identiques.

Elia ne sort de ses pensées et de sa remise que lorsqu'il réalise qu'il est l'heure du déjeuner. La liqueur a prolongé sa torpeur et lui a ôté la force de travailler. Il se harnache pour se rendre chez Boris et grignoter un morceau avec lui, pour perpétuer leur rituel. Il traverse la route et s'arrête avant d'entrer. Les lumières sont éteintes, toutes éteintes. Et Sobaka hurle.

Elia frappe à la porte, mais personne n'ouvre. Il continue, en vain. Il appelle Boris, qui ne répond pas. Son cœur s'accélère, son esprit ralentit, ses jambes se déplacent de façon automatique, à la recherche d'un moyen de rentrer pour comprendre ce qu'il est en train de se passer. *Boris, Boris !* lance-t-il encore. Aucune réponse, pas l'ombre d'un signal. *C'est impossible, ce n'est qu'un rêve,* se dit-il, mais rien n'est plus réel.

Il contourne la maison. Les fenêtres sont barricadées et la porte, comme d'habitude, est verrouillée. Elia court dans la remise, s'empare d'une pelle, force la porte, les gonds cèdent.

Il trouve Boris à terre, froid et mort, souillé par une traînée de sang qui part de sa poitrine. Il secoue le corps, mais rien ne se produit. Il pleure, penche sa tête en avant et murmure *pardonne-moi*, puis va chercher de l'aide.

Les secours en provenance de Vorkouta se présentent deux heures plus tard. La milice accourt sur les lieux peu après, le commandant Petrov a du mal à y croire. Il appelle le premier milicien arrivé sur place et lui demande immédiatement ce qu'ils ont trouvé.

– Commandant, pas grand-chose à vrai dire. Un suicide hivernal classique : le mort était à côté du fusil. Il était dépressif.

– Et qui vous l'a dit ?

– Le village, monsieur.

– Et vous avez interrogé quelqu'un à ce sujet ?

– Non, monsieur.

– Donc vous êtes en train de me dire qu'il était dépressif, et vous me présentez ça comme un fait avéré car vous avez eu vent des ragots de l'auberge.

– Euh... Oui, monsieur.

Petrov le saisit violemment par le col de l'uniforme. Du haut de ses deux mètres, il le dévisage de la tête aux pieds, sans faire cas de ses jambes engourdies par ce trajet sans fin sur le siège arrière.

– La prochaine fois que vous commettez une erreur de ce genre, ce sera votre dernier jour de service. Ai-je été assez clair ?

– Oui, monsieur.

– Qui a découvert le corps ?

– Legasov, monsieur.

– Pardon ?

– Oui, c'est lui. Il est là-bas. Ils l'ont retrouvé complètement secoué.

Elia ne cesse de pleurer. À ses côtés, Matvej pleure lui aussi. Les gens forment presque une procession : d'abord vers Boris puis vers lui, et le prennent dans leurs bras comme si, pendant tout ce temps, ils avaient été là. Il sent que ces accolades ne sont pas sincères, mais ce sont au moins des épaules pour pleurer.

– La mort rôde un peu trop autour de ce type.

– C'est vrai. D'abord le cadavre, puis maintenant son voisin et meilleur ami.

– Ce qui signifie qu'il pourrait bien être le prochain sur la liste. Envoyez une patrouille cette nuit. Peut-être que nous découvrirons quelque chose. Dites-lui que je lui laisse une heure avant de l'interroger.

– Oui, monsieur.

17

LE SOUVENIR

– Bonjour, Legasov. Commandant Petrov. J'aurais quelques questions à vous poser sur les événements de ces derniers jours. Est-ce que je peux entrer ?

À l'aide de ses seuls gestes, Elia le fait asseoir, car sa gorge est meurtrie par la douleur de ses cris, et sa bouche gorgée de l'odeur du cadavre. Il emmène Sobaka dans la cuisine et referme la porte pour qu'il ne sorte pas. Il demande pardon, et va se laver le visage : il s'est toujours interdit de perdre contenance devant des étrangers et détesterait le faire. Il refuse que quelqu'un voie au-delà de la fatigue qu'il porte sur le visage et sonde ses pensées, cueille ce qui le tourmente ou la nervosité de ses gestes. Il veut que personne ne parvienne à deviner, à jauger, à pressentir ce qui lui fait si peur ni à quel point il utilise ce sentiment pour se protéger, pour fuir. Le milicien tient déjà un carnet dans ses mains sur lequel, songe-t-il, il écrira bien peu.

– Je ne veux pas ôter du temps à votre douleur. Pour les deux êtres que vous avez perdus.

– Alors faisons au plus vite.

Petrov sort un stylo de la poche de son manteau, un manteau gris et usé par le temps qu'Elia assimile au sien. Il ne sait pas si cette maudite tendance à vieillir est un truc d'êtres humains ou de tissus, ou des deux à la fois.

– Déclinez votre identité, je vous prie.

– Qu'est-ce que je dois faire ?

– Me donner nom, prénom, lieu et date de naissance, s'il vous plaît.

– Legasov, Elia, Jievnibirsk, neuf septembre mille neuf cent trente-deux.

– Legasov, pouvez-vous confirmer qu'il y a trois semaines, le dix-huit septembre, nous avons retrouvé le corps de votre père, Georgij Legasov, né à Jievnibirsk le cinq janvier mille neuf cent sept ?

Elia serre les poings.

– Je confirme.

– Pouvez-vous confirmer avoir vous-même identifié le corps, après avoir reconnu une photo de votre famille récupérée par les officiers de la milice de Vorkouta ?

– Je confirme.

– Pouvez-vous confirmer que l'écriture des termes *oubliez-moi*, au dos de la photo est bien celle de votre père ?

– Je confirme.

Petrov tourne la page.

– Legasov, je souhaiterais à présent parler de votre famille, et plus précisément de la vie de votre père. Pour tenter de comprendre le motif et la nature du décès ou du moins, recueillir des éléments à soumettre à la hiérarchie.

Elia le regarde dans les yeux avant de répondre et soutient le regard de cet être de glace. Le commandant a presque le même âge que lui, mais le physique d'un homme qui aurait vingt ans de moins. Un véritable atout. Il a pourtant tendance à se voûter en s'asseyant, et à se redresser instantanément : lui aussi a peur de paraître faible. Petrov prend ce moment de flottement pour une faille et poursuit.

– Quel genre de père a été Georgij Legasov ?

– Un père comme un autre.

– S'il avait été un père comme un autre, vous n'auriez pas réagi ainsi.

– Ou peut-être que j'aurais encore réagi autrement.

– Y a-t-il quelque chose que je ne sais pas et que je devrais savoir, Legasov ?

Elia soupire, et ce soupir a l'effet d'une secousse sismique. Dans sa poitrine, quelque chose de lourd s'est mis à bouger mais reste intact, juste assez pour pouvoir le remettre à sa place avant de poursuivre.

– Seulement que ma famille n'avait rien de spécial ni de différent des autres. Des années sont passées depuis que nos vies se sont séparées et j'ai presque tout oublié.

– Alors je vous demande de fournir un effort de mémoire. Pensez-vous que la mort de votre père puisse être liée d'une quelconque façon à la *rafle* ?

Elia se raidit, et la faible spontanéité qu'il s'était efforcé de maintenir jusqu'à présent le quitte. Sa voix descend d'un ton, devient lugubre et se met à trembler.

– Comment avez-vous su pour la *rafle ?*

– Le village n'est pas grand, les gens parlent.

– Et que disent-ils ?

– Seulement que c'est arrivé, je ne sais rien de plus. Je me demandais si vous aviez quelques informations supplémentaires à me donner.

– Respectez le silence de ces gens. Et respectez le mien.

– Et la mort de Gligorov ? Pourrait-elle être liée à cet événement ?

– Je n'en ai aucune idée.

– Vous saviez évidemment que sa santé mentale était fragile ?

– Évidemment. Pour en revenir à mon père…

– Oui ?

– Je me souviens d'un discours qu'il m'avait tenu, je m'en souviens bien, je ne saurais pas vous dire à quand ça remonte exactement, mais c'était certainement antérieur à la *rafle*. Cela pourrait vous être utile.

– Peut-être.

Et quelque chose se délie. Il se souvient de son père, nu, assis sur son lit à compter les bleus qui recouvraient ses bras et une grande partie de sa poitrine. Elia l'épiait, immobile, depuis la porte entrebâillée d'où il faisait dépasser un œil et une main, et déplaçait son regard à la recherche du sien, comme pour demander la permission. Le sentiment de culpabilité semblait grogner après lui, lui baver dessus. Cette image fantasque s'imposait toujours à l'esprit d'Elia quand il retrouvait son père abattu et que les journées devenaient terribles.

– Alors, je lui demandai :

– *Père, pourquoi pleurez-vous ?*

Georgij se retourna, mais n'eut pas le courage de regarder son fils dans les yeux. Il tremblait plus de peur que de froid et, l'espace d'un instant, fut tenté d'aller vers lui pour lui demander de l'aide. Puis vinrent la honte, la peur, la terreur qu'un jour son fils comprenne vraiment quel genre de père il avait eu.

– *Elia, retourne te coucher.*

– Et j'étais là, les yeux embués de larmes car pour lui je n'étais rien.

– *Je n'arrive pas à dormir si vous pleurez.*

– *Alors, fais comme si je riais.*

– *Mais vous êtes en train de pleurer.*

– *Oui, mais ça va passer. Ne t'en fais pas.*

Il se le disait à lui-même, Elia savait bien qu'il n'en serait rien. Cela faisait des mois qu'il passait ses nuits à pleurer. Cela empirait chaque fois après l'hibernation, car l'obscurité est le parfait endroit pour se maîtriser, disparaître. Elle est peuplée de monstres qui profitaient du noir pour lui rendre visite et lui faire perdre la tête.

– *Êtes-vous fatigué ?*

– *Très fatigué, Elia. Tout est si difficile.*

– La neige le tuait à petit feu : d'abord, elle étouffait ses souvenirs. Ensuite elle congelait, broyait et liquéfiait le peu qui résistait.

– *Demain nous pourrions déblayer la neige ensemble, si vous le voulez.*

– *Non, pas demain.*

C'est à ce moment précis qu'il se souvint qu'en tant que père, sa priorité était de mettre son fils en sécurité, de le protéger du mal. Il devait empêcher ça, son fils ne pouvait pas finir lui aussi comme ça.

– *Mais c'est ce que vous m'avez appris : les Legasov déblaient la neige. Depuis toujours.*

La famille, c'était le plus important : une alliance d'amour et de sacrifices érigée ensemble, à la poursuite de ces rêves infinis et purs qu'ils ne réaliseraient jamais, mais en lesquels ils croyaient. Croire, c'était tout ce qui comptait.

– *Plus maintenant, mon fils.*

– *Pourquoi, père ?*

– *Rien ne m'oblige à te répondre.*

– *En réalité, si !*

– *Tu ne comprendrais pas.*

– *Ça, c'est ce que vous croyez.*

Georgij se leva d'un bond, enfila son pantalon et son tricot de corps. Quand il le vit, Elia tressaillit et ne trouva pas la force de réprimer un instinctif mouvement de recul. Il avait peur, réellement peur : l'homme qui lui faisait face avait les yeux rouges et cernés, la peau meurtrie, et en plus d'être défiguré, son visage ressemblait à de la mie de pain qu'on aurait mise au bain-marie dans le sang et les larmes. Alors il se pencha, en esquissant un sourire qui le rendait presque humain.

– *Bien. Dans ce cas réponds-moi : que fait la neige, Elia ?*

– J'eus du mal à lui répondre et je ne voulais pas qu'il devine ma peur. Je refermai ma bouche restée ouverte tandis que je réfléchissais, pour trouver les mots justes.

– *Elle neige ?*

– *Non.*

– *Elle tombe ?*

– *Non plus.*

– *Elle blanchit ?*

Il perdit patience et se mit à remuer la tête d'avant en arrière en émettant des grognements d'une voix grave, comme jaillissant tout droit du plus profond de son cœur, d'un de ses recoins maudits gouvernés par la rage et l'alcool.

– *Non, Elia. Elle recouvre : la neige recouvre tout. Tout ce que tu vois, tout ce que tu sens, tout ce que tu éprouves, chacun de tes rêves meurt si la neige le recouvre.*

– *Et nous, nous l'enlevons, nous faisons réapparaître les rêves. N'est-ce pas merveilleux ?*

Il saisit ses épaules, les caressa doucement en dodelinant de la tête. Ils se sentirent mourir, leurs regards se cherchaient. S'ils s'étaient croisés ne serait-ce qu'une fois, ils se seraient effondrés. Entre eux, ne subsistait qu'un trou béant de peur et de tristesse.

– Nous changeons le cours des choses, mon fils. Là où tombe la neige, nous l'enlevons. Nous faisons ressortir ce que le destin voudrait dissimuler.

– Ça veut dire que la neige nous protège ?

– Non mon ange, la neige est tentatrice. Elle nous provoque depuis toujours, pour voir si nous sommes capables d'oublier. L'homme oublie tout.

– Nous, nous déblayons la neige, nous nous souvenons de tout.

– C'est pour ça que je pleure. Sais-tu combien c'est dangereux, à quel point ça fait mal de se souvenir, d'enlever la neige ?

– Pas encore, père.

– Un jour tu comprendras. Et tu prendras conscience du pouvoir qui est le tien.

– Pourquoi ?

– Parce que tout le monde oublie, mais pas les Legasov. Jamais.

Il ferait tout pour oublier, il n'y avait pas d'autre solution. De cette façon, et c'était son vœu le plus cher, peut-être qu'on l'oublierait lui aussi. Alors il cessa de parler.

– Pour moi, ce silence était intolérable.

– Et donc…

Georgij souleva le menton de son fils pour s'assurer qu'il le regardait vraiment, qu'il pouvait peut-être partager une infime partie du mal qui le rongeait. Comme s'il pouvait ressentir tout ça.

– *Et donc tu dois me jurer que plus tard, tu feras tout pour quitter Jievnibirsk et que tu feras tout sauf déblayer la neige. Et que tu oublieras, comme tout le monde, comme tous les vivants.*

– Je me mis à pleurer. Pas à cause de son regard ni de ce que je lui avais dit, mais de son aplomb : comme s'il avait deviné comment ça finirait.

Il se dirigea vers la porte d'entrée. Elia ne le suivit pas, mais le regarda du coin de l'œil, les pommettes baignées de tristesse.

– *Je vous oublierai aussi, père ?*

– Il me répondit sans se retourner.

– *Oui, moi aussi.*

– *Mais je ne veux pas vous oublier.*

– *Crois-moi, Elia. Fais-le pour toi, protège-toi. Oublie. Tu pleureras peut-être moins que moi.*

Il avait déjà ouvert la porte et dehors, le ciel tombait. Il sortit dans le vide et marcha sans s'arrêter jusqu'à ce que ses jambes cèdent. Il savait qu'Elia ne viendrait pas le chercher, il le lui avait appris.

– Alors, je pris ma tête dans mes mains et me mis à pleurer. Ensuite, j'éteignis les lumières.

Le commandant ne trouve pas de mot ni de geste réconfortant pour conclure ce discours, à l'exception d'une mine légèrement attristée. Il se lève doucement et enfile son manteau resté sur ses épaules. Il range son calepin et son stylo dans sa poche, avant de balayer la pièce du regard.

– Je vous remercie, Legasov. Bonsoir.

18

SOBAKA

Deux jours se sont écoulés, et la maison de Legasov sent déjà le chien. Une odeur âcre de vieil animal qu'Elia connaît bien et tolère. Sobaka vagabonde et explore tous les recoins, en choisit un et s'y endort. Il ralentit l'allure, se fixe sur un point au hasard et renifle, bâille, se couche sur les tapis et sursaute au moindre bruit.

Les chambres sont pleines de poils qui s'infiltrent dans les vêtements, sous les couvertures, dans les bottes. Le chien mange les restes mais en faible quantité, il se méfie de cette maison et garde la queue dressée. Il a un nouveau maître, mais réclame le précédent, hurle, l'appelle, et tremble lorsqu'il lui faut sortir. Elia attache son harnais et sa laisse qu'il enroule par deux fois autour de son poignet pour augmenter la prise, et quand il sort, le maintient proche de lui.

– Allez mon chien, on y va.

Et les voilà dehors. Sobaka tire, il est vieux, mais ne cesse de chercher l'endroit où il a vécu, mangé, dormi. Il aboie quand il passe devant, pour qu'on le laisse entrer. Legasov l'éloigne, traverse, le ramène au chaud et ferme la porte. Et le chien se met à gratter, tente de s'échapper, renifle l'odeur de la maison voisine, inaccessible. Cela le fatigue, et il recommence à arpenter les pièces. Elia le regarde, pensif, et pleure. Ce chien est trop humain pour n'être qu'un animal, et ces yeux sont trop grands, trop las, pour observer un vide. Alors il se penche, fait cliqueter ses doigts sur le plancher et l'appelle d'une voix plus apaisée, plus profonde. Sobaka s'approche et il le caresse. Le chien fixe une partie de son visage qu'Elia ne reconnaît pas et lui lèche les mains, comme pour le remercier, ou le convaincre.

Elia n'a jamais réfléchi au fait que les émotions sont les mêmes pour tous les êtres vivants. Et que finalement, elles suffisent à communiquer. Sobaka lui ressemble bien plus qu'il ne croyait, et il n'est pas certain d'être à l'aise avec cette idée-là. Pourtant, avoir une ombre qui aboie, chez lui, est certainement la plus belle chose qui pouvait lui arriver.

La nuit, Sobaka gémit et peine à s'endormir. Elia est épuisé et l'entend immédiatement. Ces pleurs lui rappellent le bruit le plus terrible du monde, et repenser aux larmes de sa mère l'arrache à son sommeil. Elle en versait chaque fois que son père buvait et la prenait : du sexe mécanique, violent, sans amour. Il avalait de la liqueur par habitude, l'excuse parfaite à ses accès de colère et aux violences qu'Eva subissait en silence, sans un appel au secours qui l'aurait condamnée pour toujours. Il n'y avait pas de limites à l'horreur, au silence, à ces jeux de cache-cache et de miroirs enchâssés chez eux. Une mosaïque perverse de tesselles noires parfaites en apparence, la grande et belle famille modèle qui s'était construite sans l'aide de personne et écrivait en haut, en grand et en bleu : FAMILLE LEGASOV, DÉNEIGEURS, JIEVNIBIRSK. Et quand elle réagit, en tant que femme et en tant que mère, mue par un instinct de protection et de revanche, les disputes devinrent des gifles. Toujours plus fortes, toujours plus fréquentes. Elle ne pleurait que la nuit et à l'écart des autres, pour n'être vue ni de lui ni des enfants.

Les animaux pleurent tous de la même façon et, dans ces moments-là, n'appartiennent qu'à eux-mêmes.

Legasov se lève et emploie toute la douceur dont il est capable pour prendre le chien dans ses bras. Il éprouve la même intensité que lorsqu'il étreignait Eva, les mille et une fois où il l'a serrée contre lui, les mille et une fois où il aurait souhaité le faire. Il ne serre pas Sobaka si fort, et se contente d'écarter ses paumes de mains pour frictionner sa peau. Par moments, il a presque l'impression de sentir ses cheveux, de pouvoir les toucher.

Le chien s'endort, et lorsqu'il vient le réveiller, Legasov le fait monter sur le lit et le fixe. *Tu es un bon chien*, lui dit-il, *tu es un bon chien*. Ils ne pleurent pas, mais se ressemblent.

Puis ils dorment comme dorment deux âmes, jumelles et seules.

19

ÂMES FRAGILES

– Toi, Elia, tu résistes à tout.

Cravate bleue lui rend souvent visite. Non par simple politesse ni en vertu de la solitude qui, durant l'hibernation, rattrape ceux qui restent. Il en fait son devoir, et sait pertinemment qu'un peu de réconfort est tout ce qu'il peut lui donner pour combler le vide, ou du moins le dissimuler.

– Je tiens ça de Foma.

Foma avait une nuit de plus que lui, ou quelque chose comme ça. C'est lui qui était né le premier, même si la vie ne lui donnerait jamais la possibilité de découvrir le monde sur ses deux jambes. Elia vint au monde à l'aube, entre l'indigo et le bleu ciel, avant que la brume n'envahisse le village et ne divise le ciel en deux.

– Vous étiez proches ?

– Oui, très proches.

Il s'est consacré à lui quand il a réalisé qu'il avait besoin d'aide, qu'ils étaient nés ensemble pour former deux moitiés.

– Ça a dû être très difficile.

Foma vivait sous vide et ne parlait quasiment jamais. Il trouvait dans le regard chaleureux de son frère une raison de vivre, même dans cette condition.

– Avec le temps, il s'était résigné à tout laisser passer. Il aurait voulu se lever de sa chaise, courir jusqu'à moi, je le voyais dans ses yeux, dans ses grands yeux noirs, toujours brillants. Chacune de ses larmes était le genou qu'il ne pouvait pas bouger, la jambe qui ne pouvait pas courir, le mot qu'il ne voulait pas prononcer.

– Et quel était ce mot ?

– *Pardon*, la plupart du temps.

Tandis qu'Elia parlait, cravate bleue essayait de comprendre ce que signifiait pour cet homme d'avoir quelqu'un de qui prendre soin. Et combien il était le premier à en avoir besoin. On aurait dit qu'il offrait les attentions dont on l'avait privé. Qu'il défendait les âmes fragiles, les âmes pures.

– Tu l'as aussi défendu, je suppose ?

– Imagine qu'au village, ils l'appelaient *le gribouillis*.

Le corps de Foma avait l'air gribouillé, sa colonne vertébrale penchait ostensiblement du côté droit, et les rares fois où il parvenait à se tenir debout, son père le portait dans ses bras lorsqu'il se fatiguait. Son visage était si expressif qu'en un seul regard, on comprenait aisément ce qu'il pensait. Les gens l'évitaient, faisaient comme s'il n'existait pas, et quand on l'évoquait pour un motif quelconque, il était rare de ne pas entendre les mots abominables qui avaient résonné dans l'esprit de ma mère la première semaine après son accouchement : *abandonne-le, c'est un fardeau, tu n'auras plus de vie.* Les Legasov avaient choisi l'amour. Et petit à petit, tout le monde avait fini par éprouver une profonde tristesse pour cet enfant seul qui, lorsqu'on le prenait sur les genoux, fermait les yeux à cause du vertige. Alors il fronçait les sourcils, comme si la peur s'était jetée sur lui.

– Et vous parveniez à communiquer d'une certaine manière ?

Au fil du temps, Elia et Foma avaient mis au point un langage codé, intime et simplifié.

– Je découvrais mon bras, blanc et froid, et je le lui tendais. Lui le serrait, le serrait très fort.

Parfois, il avait presque failli le lui broyer. Ne pouvant rien faire d'autre, Elia priait pour que cette créature finisse par s'apaiser. Et lorsqu'il déversait sa douleur sur le bras de son frère, celle-ci était si vive qu'elle lui en laissait la marque et comprimait sa chair. Alors Elia le caressait, et tentait de niveler le cratère que la vie avait creusé. Il le faisait chaque jour quand ils étaient seuls, au bord de son lit, sans mère ni père.

– Et toi ? lui demande Andrej, quel type de rapports avais-tu avec ton père ?

– Ça, cravate bleue, je te le raconterai quand nous serons encore davantage amis.

20

CRAVATE BLEUE

– Toi non plus tu n'aimes pas parler de toi, n'est-ce pas ?

Cravate bleue ne s'attendait pas à cette question, il est décontenancé et essaie de tergiverser. Il élargit son col de chemise, et laisse entrevoir une petite chaîne en or avec une croix en pendentif.

– Il n'y a pas grand-chose à savoir.

– Je sais seulement que tu te nommes Andrej Sobolev et que tu étudies la Terre.

Son léger rire nerveux se perd parmi les bruits de la maison. Sobaka s'approche et le renifle. Il le caresse.

– Je n'aime pas parler de moi.

Elia ne saisit pas le motif d'une telle résistance. Ou mieux, il la comprend parfaitement car c'est aussi la sienne, mais essaie de savoir ce qui se cache derrière cette cravate rayée qu'il porte presque comme un talisman. Un ami ne devrait pas se méfier, encore moins un ami en devenir, mais sa façon d'éviter le sujet a quelque chose de noble, d'élégant. Et cela l'intrigue.

– Où es-tu né ?

– À Arkhangelsk, une très belle ville. C'est là que se situe notre base.

Dans le silence qui s'ensuit, Sobolev examine le verre entre ses mains et espère avoir fait le bon choix. Il le pose sur la table et se lève, enfile son manteau et sourit.

– Viens avec moi, Elia.

Legasov lui emboîte le pas jusqu'aux préfabriqués, devant les logements ouvriers : une ruche de chambres sombres et minuscules, avec salle d'eau et cuisine en commun. Vues de loin, elles semblent clignoter de façon aléatoire mais coordonnée, forment d'étranges figures qui se transforment et perdent leur sens. Elia songe à ces hommes seuls et jeunes, mais condamnés depuis longtemps déjà, se demande combien de temps il reste, et ce qu'il reste à chacune de ces âmes prisonnières. S'ils ont appris à accepter, ou pire, à supporter le fait qu'à Jievnibirsk, c'est l'esprit qui cède en premier, avant la chair, que la souffrance pèse toujours sur les épaules d'un homme seul et devient gigantesque.

Sobolev indique une porte.

– C'est celle-ci.

Pour quelqu'un qui étudie la Terre, Elia s'attendait à une chambre plus spacieuse. En réalité, elle est identique aux autres, petite, simple, blanche et carrée, avec un plafond bas et un lit étroit, presque au ras du sol.

Il y a tout un tas de feuilles et de notes, des chiffres écrits hâtivement en bas de page, des stylos vides et des télégrammes, des lettres, des messages de *l'extérieur*. Et des photographies à côté de l'oreiller, dans un espace creusé à l'intérieur du mur. Elia les remarque et s'en approche. Andrej le laisse faire. Une photo est floue, il la saisit.

– Ce sont tes parents ?

– Oui, ils ne sont plus de ce monde, mais sont toujours avec moi. Tu vas me demander pourquoi elle est floue, n'est-ce pas ?

– J'y ai pensé, effectivement.

– C'est la première photo que j'ai prise. Ils s'étaient rapprochés puis embrassés juste avant que j'appuie. Je l'ai toujours avec moi, car c'est ce souvenir que je veux garder d'eux : deux personnes qui s'aimaient, même si elles ne se le disaient ou ne s'embrassaient jamais, et qui vivaient de peu. De choses simples et belles.

Ses réponses sont toujours plus complètes et profondes. Elia ne veut pas le forcer, mais cravate bleue parle comme s'il se sentait à l'aise et désirait parler, se livrer comme peut-être il ne l'a jamais fait.

– Tu es fils unique ?

Sobolev soupire et acquiesce sèchement, avec une pointe d'incertitude.

– Pourquoi ce soupir, Andrej ?

– Ma mère me demandait souvent : *Tu aimerais avoir un frère ? Tu serais heureux si tu avais un frère ?* Et je répondais que non, car je craignais de ne pas être à la hauteur et de perdre leur amour, surtout le sien. Elle avait dû réapprendre à faire confiance aux gens, et je pensais qu'elle oublierait comment me faire confiance, comment m'aimer. C'était une femme mélancolique, perdue dans ses pensées et éprouvée par la vie, mais elle parvenait encore à aimer.

Elia songe lui aussi à sa mère, aux moments où Eva se rapprochait de lui pour le réconforter, pour amoindrir sa douleur ou l'endosser entièrement.

– Que crains-tu ?

– Pardon ?

– De quoi as-tu peur, cravate bleue ?

Andrej ne sait que répondre, car des craintes, il en a à foison : il a peur de décevoir, de tout rater, de n'être utile à personne. Mais s'il y a bien quelque chose qui le tourmente presque quotidiennement…

– Du reste, Elia.

– De quoi ?

– Des choses. C'est ce que je crains le plus dans l'absolu. Je pense à tout ce que je fais en une journée, aux vies que je croise, aux tâches que j'effectue. Et c'est comme si, au milieu de tout ça, il y avait toujours quelque chose que je pourrais faire mais que je ne ferais jamais. Et si c'était important ? Et si ce manque, ce quelque chose, comptait plus que tout le reste ? Je te le confie, et je l'ai fait peu de fois dans ma vie : rien ne me fait plus peur que ce qui reste.

– Et que reste-t-il ?

Sobolev le sait, mais ne parvient pas à formuler cette pensée. Comme si elle restait bloquée dans sa gorge et ne voulait pas sortir. Il s'est donné du temps, mais ce n'est pas suffisant.

– Je te le dirai quand nous serons de bons amis, Elia.

21

AVRORA

C'est elle, il en est certain, ça ne peut être qu'elle. Elle a la même voix, le même regard, le même vernis à ongles. Elle vient d'arriver avec huit autres jeunes femmes, et aucun homme n'a réussi à garder les yeux sur sa besogne. Elles doivent avoir vingt ans, peut-être moins, et cela fait des mois que les ouvriers les demandent pour avoir un peu de compagnie. Un nuage de parfum les précède comme s'il allait pleuvoir du sexe : impossible d'en faire abstraction. L'odeur écrase l'honneur. Elia s'approche d'elles lentement, téméraire comme peu de fois il l'a été. Il ne s'est pas posé de questions et ne voit aucun mal à aller échanger quelques mots. C'est sa chance, il le sait.

– Avrora ?

Elle se retourne, mais semble distraite. Son amie assise à côté d'elle lui donne un léger coup de coude. Elles sourient toutes les deux, puis la première répond.

– Qui voulez-vous que je sois ?

– Vous êtes bien Avrora, n'est-ce pas ?

Elle se lève et se gratte la main. Elia n'a pas bien vu : son vernis est plus foncé, ses doigts sont plus gros, son visage a l'air plus allongé. Comme c'est étrange… La télévision déforme les êtres les plus beaux.

– Et vous, monsieur ?

– Legasov, mais appelez-moi Elia.

– D'où venez-vous, Elia ?

– D'ici.

– Et avec qui êtes-vous ?

– Je suis seul, depuis toujours. Ou presque.

La jeune fille a les yeux brillants, un sourire unique. C'est bien ce qu'il pensait, la télévision ne peut altérer l'immortalité. Elle demeure, éternelle et parfaite.

– Vous cherchez de la compagnie, n'est-ce pas ?

– C'est un honneur de faire votre connaissance.

– Répondez-moi, Elia : vous cherchez de la compagnie ?

– La vôtre. Oui, terriblement.

Le vieil homme frotte ses mains sur sa combinaison et fait tout pour ne pas la regarder, il a honte de s'être présenté ainsi. Elle lui saisit le menton, puis la joue, et la caresse.

– Tu veux discuter, Elia ?

– Ce serait volontiers, mais je vous retiendrais trop longtemps.

– Ne t'en fais pas pour mes amies, elles se porteront tout aussi bien sans moi.

Il lance un regard aux autres qui en sont à leur sixième vodka. Elles trinquent à sa santé. Elle rit : son rire est identique. Quasiment.

– Où est-ce que tu habites, Elia ?

– Juste à côté, Avrora. Suivez-moi.

Il ouvre la porte et la fait se mettre à l'aise. Sobaka aboie dès qu'il la voit, Legasov l'emmène dans la remise, ferme la porte et le laisse aboyer.

– C'est un honneur pour moi de vous avoir ici, je vous regarde tous les jours.

– Bien.

– Vous êtes toujours belle.

– Toi, Elia, tu es sublime à l'intérieur.

– Je suis conducteur de chasse-neige. Je possède un tracteur avec lequel je fais le tour du village, jour et nuit. Comme une fourmi dans une longue fourmilière plate, des allers et des allers-retours. Dites-vous que la plus belle chose qui me soit arrivée…

N'importe qui se serait arrêté devant ces seins. Nus. La jeune femme s'avance doucement vers lui, ses doigts se baladent sur ses jambes, et ses lèvres sont terriblement proches, à quelques centimètres de son oreille gauche. Elia en sent le souffle, chaud et réconfortant.

– Elia, je t'ai demandé si tu voulais de la compagnie. Tu veux de la compagnie ?

Elle pose ses lèvres sur son cou, l'effleure à peine. Elle prend ses mains, les place sur sa poitrine et soupire. Elia perd le contrôle. Il voudrait lui dire combien de fois il a rêvé de faire ça, détacher ses cheveux blonds, embrasser sa peau, la sentir sienne et caresser ses jambes, son dos, ses lèvres. Il n'y arrive pas : il le fait, c'est tout. Il l'embrasse, et elle lui mange les mots. Et quand il entre en elle, il se sent apaisé.

Il ne se souvient pas du moment où il s'est endormi ni de combien de temps a duré cette extase. Lorsqu'il se réveille, elle n'est plus là. La maison est sens dessus dessous, plongée dans le silence. Quand il ouvre les yeux, la vraie Avrora se tient devant lui, à l'écran. Et plus il la regarde, plus il comprend qu'elle n'est pas la femme avec qui il a fait l'amour toute la nuit. Il n'a plus un rouble dans son portefeuille et les pièces sont vides : il manque des horloges, de l'argent, ses économies. Il voudrait pleurer sur son sort, mais se retrouve en proie à une grande agitation. Il sort, appelle à l'aide, hurle pour qu'elle revienne. Plus personne ne les a vues après cinq heures du matin : elles se sont séparées puis ont disparu, en sortant toutes d'une maison différente. Elles se sont enfuies, ont couru loin d'ici. Un type se réveille encore soûl après avoir passé la nuit avec l'une d'entre elles. Il ne sait pas encore qu'il a tout perdu, et demande aux autres où elle est allée. Il est presque déçu qu'elle soit partie.

22

LA RAFLE

Le *kompot* doit cuire lentement, à feu doux. Il faut de l'eau, des fruits, du sucre, de l'amour et beaucoup de patience. Elia et Eva le préparaient ensemble, le buvaient encore tiède en léchant le verre. Ils disposaient de peu de temps pour le faire, et se débrouillaient pour en trouver. Eva exultait à la vue du visage amusé de son fils tandis qu'ils cuisinaient, car elle comprenait, elle dont la vie n'était que restriction, ce que rire et attendre signifiait. Et toujours, ses yeux brillaient.

C'est quand ils eurent fini qu'elle entendit les troupes. Et une rafale de cris, brève, foudroyante, et des ricanements russes. Georgij revint de la remise en courant. Il ne dit pas un mot, mais regarda sa femme droit dans les yeux comme peu de fois auparavant, et son regard vide et blanc parlait de lui-même : *emmène les enfants, maintenant.*

Ils s'habillèrent en hâte, avec leurs pulls à l'envers et la peur au ventre. Eva prépara Foma et voulut ouvrir grand la porte d'entrée, mais Georgij eut la présence d'esprit de se limiter à l'entrebâiller, suffisamment pour voir ce qui se passait dehors. Le voisinage, les autres maisons, les autres hommes alentour faisaient la même chose. À ce moment-là, six ou sept chefs de famille alarmés, effrayés, mais préparés, se croisèrent du regard. Depuis quelques mois, les rumeurs laissaient entendre que le goulag de Vorkouta était à court de main-d'œuvre, et que les pays dissidents couraient de sérieux risques. Personne ne s'attendait à une telle barbarie. Tous étaient secoués, et certains de réussir à fuir, mais personne ne savait quand.

La première vague d'officiers de l'unité spéciale de Vorkouta enfonça les portes des habitations les plus proches. Avec un seul mot d'ordre : ratisser. Ils frappèrent les hommes, violèrent les femmes, arrachèrent les enfants des bras de leurs mères, les pommettes mouillées et une flaque entre les jambes. *Le travail ou la mort !* criaient-ils, *le travail ou la mort !*

La seconde vague fut un pillage. Ils prirent tout ce qui était comestible ou potable au milieu des cris des habitants et des pleurs désespérés des plus jeunes. Ces yeux, comme un essaim, refermèrent leur porte et pleurèrent. Pas ceux de Georgij, pas ceux d'un Legasov.

– Passe par la remise, cours te réfugier dans l'église, je te rejoins.

Elia se souvient bien de cette course : sur les routes, il n'y avait pas âme qui vive, mais au moins cinq ou six corps à terre, vivants, mais blessés. Sa mère lui disait de ne pas regarder, de courir encore, sans s'arrêter. Et durant ce trajet, quelque chose les protégea : bien qu'accompagnés par l'écho des cris et des coups de feu, ils ne croisèrent personne, et lorsqu'ils y parvinrent, l'église était déjà pleine. Les gens parlaient, priaient, juraient, se donnaient du courage. Tous transpiraient de peur, les plus fatalistes fumaient, tandis que d'autres cherchaient une colonne des yeux, un endroit où se cacher, dans le cas où Dieu ne suffirait pas non plus à les arrêter.

Après plusieurs minutes interminables, Georgij les rejoignit. Elia n'a jamais oublié le visage de son père à ce moment-là, la façon dont la peur avait marqué ses traits. Soudain, on entendit hurler une voix profonde et gutturale, qui couvrit cette pensée ainsi que les pleurs des gens.

– *Hommes et femmes russes, le travail vous attend à Vorkouta, capitale du monde. Staline, notre guide suprême, vous ordonne de contribuer à la grandeur de la Patrie. Collaborez, et vous vivrez. Résistez, et vous mourrez.*

Ils firent placer tout le monde en ligne, par famille, une longue queue noire de gens impuissants et en pleurs. Leurs destins se réduisaient à deux colonnes verticales, parallèles : apte ou inapte. Dans le second cas, personne ne savait ce qui se passait. Les Legasov furent parmi les premiers.

– *Quel est votre métier ?*

– *Déneigeurs, nous tous.*

– *Même cette... chose ?* et il indiqua Foma.

– *Lui aussi*, répondit Eva.

L'officier se leva et appela son supérieur. Ils regardèrent Foma en ricanant, comme si c'était un pou ou un quelconque petit animal inutile.

– *Restez, mais la chose vient avec nous.*

À ce moment-là, tout perdit contenance : les sons, les esprits, les émotions. Georgij et Eva se parlèrent des yeux. *Qu'est-ce qu'on fait ? Ça n'est pas de notre faute s'ils le prennent. On doit aller le chercher. Tu as perdu la tête ? Il est hors de question que j'abandonne mon fils.* Alors elle fronça les sourcils, s'efforça de maîtriser sa voix intérieure et se dit : *si vous emmenez mon fils, vous m'emmenez aussi.* Elia intercepta cette pensée, et dès l'instant d'après jeta ses bras autour de sa taille.

– *Non, ne partez pas, je vous en prie !*

Eva se pencha pour se rapprocher de lui. Georgij implorait une pitié qu'on ne lui accorderait jamais.

– *Je reviendrai vite, Elia. C'est promis.*

– *Non, c'est faux. J'ai peur sans vous.*

– *Moi aussi, si tu savais.*

– *Alors pourquoi vous ne restez pas ?*

Tous deux regardèrent Foma, fragile et sans défense. Foma, qui n'habitait pas le monde de la même façon. Foma, incapable de lutter.

– *Je dois l'aider, mon amour, je dois l'aider. Et tout ira bien.*

– *Et comment vous le savez ?*

– *Parce que je suis ta mère.*

– *Et à moi, ils me feront du mal ?*

– *Non, Elia, ne crains rien.*

– *Et comment vous le savez ?*

Elle serra sa main.

– *Parce que tu es mon fils. Et que si je t'appartiens et que tu m'appartiens, si nous nous protégeons, comme toujours, tout ira bien.*

Le militaire n'avait pas de temps à perdre.

– *Je ne vous reverrai plus, n'est-ce pas ?*

– *Non, mon trésor, je reviendrai te chercher.*

– *Vous mentez.*

– *Tu sais que je n'en suis pas capable. À présent écoute-moi, c'est important. Lorsqu'ils te poseront des questions, n'y réponds pas. S'ils te demandent quelque chose, quoi que ce soit, toi tu ne sais rien.*

– *Et si c'est à propos de vous ?*

– *Pense à moi, pense très fort à moi, le plus fort possible, mais ne parle pas. Ils te diront des choses qui rentreront dans ta tête, mon amour, mais n'atteindront jamais ton cœur. Tu te souviens de ce que fait le cœur, mon trésor ?*

– *Il bat, et c'est tout.*

– *Exactement. Et il bat uniquement au rythme du mien. Ne l'oublie jamais. Quand tu auras peur, quand tu seras inquiet, et qu'un jour tu t'égares, pose ta main dessus, écoute-le. Et je t'aiderai.*

– *Promis ?*

Pour la première fois depuis qu'ils avaient partagé le même monde, la même maison et les mêmes souffrances,

Elia pleura seul. C'était comme si elle ne l'avait pas choisi, comme si elle l'avait trahi.

– *Promis.*

Eva se releva avec grâce et hurla au visage de ces bâtards que s'ils emmenaient *cette chose*, ils l'emmèneraient aussi. Les officiers se regardèrent en ricanant.

– *Après vous.*

Il la vit s'éloigner, mais ne voulut pas y croire. Impossible. Ils ne pouvaient pas avoir emmené Eva. Georgij cueillit son dernier regard et ne put le soutenir, Elia n'eut même pas cette chance. Il hurla seulement *mère, mère* de toutes ses forces, celles qu'il ne retrouverait jamais. Et lorsqu'il regarda son père impassible, la haine prit racine. Parce qu'il n'avait rien fait, ne l'avait pas protégée, ne l'aimait pas assez pour la supplier de rester. Parce qu'il se moquait du reste du monde et que lui seul comptait. Sa vie à lui.

Parce qu'il était resté. Pas Eva.

L'inventaire des blessés commença quelques heures plus tard, après le départ des uniformes noirs à bord de camionnettes bondées : en trois heures, cent dix-huit blessés, dont deux qui avaient succombé ; presque plus rien à boire et à manger ; et trois cent vingt-neuf âmes disparues, déportées. Aucune d'elles ne reviendrait, aucune autre ne naîtrait.

Puis la neige se mit à tomber. Sans plus jamais cesser.

TROISIÈME PARTIE

LA FIN

Le souvenir d'une certaine image n'est que le regret d'un certain instant.

Marcel Proust

23

VIE ÉGALE BLANCHEUR

– Bonjour, Legasov.

– Bonjour. Vous désirez ?

– Vous parler. Seul à seul.

Petrov referme la porte derrière lui avec une lenteur inhabituelle. Il enlève son chapeau, le pose sur le bord de la table du salon. Il ne veut pas de café ; ce sera rapide, une simple formalité. Ils s'asseyent.

– Elle était restée dans mon bureau, j'ai pensé qu'elle vous revenait.

Il donne à Elia la photographie que son père tenait dans sa poche. Legasov en est presque ému, mais ne laisse rien paraître devant cet inconnu. Il la plie délicatement, la tient comme la relique d'une époque lointaine. Il l'encadrera bientôt. Les deux hommes se sourient, mais le visage du militaire s'assombrit au point d'en devenir tout à fait effrayant. Lorsque ses traits se glacent, Elia prend la parole.

– Désirez-vous autre chose ?

– Vous raconter une histoire, Legasov. Brève, mais assez intense pour mériter d'être partagée. Qu'en dites-vous ?

Elia fronce les sourcils, et la goutte de salive qu'il s'apprêtait à déglutir lui reste en bouche. Il interrompt le tremblement de ses jambes en les rabattant en arrière.

– Je vous écoute.

– Il était une fois un squelette recouvert de neige, qui tenait dans sa poche un vieux cliché en noir et blanc. Au dos, une inscription manuscrite. Une signature sans appel, irrévocable et difficile à accepter. Dieu sait ce que vous avez dû éprouver à sa lecture. Mais il était une fois un protocole qui impose l'analyse de l'écriture du défunt quand celui-ci laisse une trace manuscrite. Et il était une fois un expert qui, après avoir comparé l'écriture du cliché à d'autres documents signés par Georgij Legasov et enregistrés auprès de l'administration de Vorkouta, a catégoriquement affirmé qu'elles ne correspondaient pas. Et ce même expert, en vertu du protocole, a comparé cette écriture à la vôtre et l'a trouvé parfaitement identique. Ce qui nous fait présumer, avec une quasi-certitude, que c'est vous, Legasov, qui avez écrit cette phrase au dos de la photographie. Tout ceci, il y a bien longtemps. J'ai à présent devant moi l'auteur présumé d'un parricide, qui tremble comme un chien ingrat. Et le plus inquiétant est qu'il existe une autre version, fruit de je ne sais quelle inquiétante fantaisie narrative, que vous m'avez rapportée, ainsi qu'à Boris Gligorov et Matvej Vasil'ev. Vous y mettez en scène une conversation avec votre père aussi poignante que fantaisiste sur le sens de la vie, qui présente les signes évidents du mensonge. Vous savez ce que je pense ? Qu'Elia Legasov n'a jamais pardonné à son père les mauvais traitements infligés à sa mère ni le fait qu'il ne l'ait pas aidée, ni elle ni votre frère Foma Legasov. Et que lors d'une des crises régulières d'hystérie de Georgij Legasov, souvent dues à l'abstinence d'alcool – surtout de Zveroboj – vous avez délibérément poussé votre père dehors au cours d'une tempête et au beau milieu de la nuit, pour éviter que quelqu'un n'entende d'éventuels appels au secours. Pour qu'au lendemain matin, dans la mesure du possible, la neige ait déjà recouvert le corps. Vous avez ensuite mémorisé et récité l'histoire d'un piteux suicide désespéré, après que votre père eut objectivement perdu ce à quoi il tenait vraiment. Et comme c'est vous qui avez tout orchestré et transporté le cadavre dans une zone reculée du territoire uniquement accessible aux chasse-neiges, que vous êtes d'ailleurs le seul à contrôler, personne ne pourrait jamais imaginer, en l'absence de corps et de témoin, ce qui était arrivé à Georgij Legasov. Et vous seriez toujours la seule et unique personne à connaître cette histoire. Vous aviez tant prémédité votre geste que le fait d'avoir voulu le signer me fait sourire, Legasov. Il me reste une seule question : pourquoi ?

Elia soupire, mais ne répond pas. Parfois, on oublie vite des choses dont il faudrait se souvenir, et il arrive qu'on se souvienne longtemps de celles qu'on devrait oublier. Puis il y a celles qu'on oublie, et dont on ne se souvient jamais.

Elles existent, tout simplement, et refont surface dès que quelqu'un se met à les chercher.

– Vous êtes aussi doué pour bavarder que pour jouer la comédie, Legasov, mais pas pour convaincre. J'en suis presque arrivé à penser que vous croyez en vos propres mensonges, et je trouve ça tout à fait inquiétant. D'ailleurs, vous avez aussi inventé ces histoires sur votre frère, n'est-ce pas ? Matvej Vasil'ev, interrogé par mes soins il y a une semaine, a déclaré que – lisez ceci si vous ne me croyez pas :

Monsieur Legasov a toujours éprouvé une vive jalousie à l'égard de son frère jumeau, à cause de l'attention et des soins que ce dernier réclamait constamment, à lui comme à leur mère. Ils avaient également une sorte de rituel, et Eva demandait souvent à son fils de serrer son avant-bras à l'aide de sa main droite, un geste de pitié et de compassion maternelle profondes.

Elia pleure.

– Il y a une chose sur laquelle je vous crois : j'aime bien la petite histoire qui dit que les Legasov retrouvent la mémoire en déblayant la neige. Car vous pouvez l'accumuler où vous voulez. Et à ce niveau-là, vous êtes un vrai génie. Alors, au lieu de dire que vous enlevez la neige, dites plutôt que vous avez fait un beau travail de compactage. Vous avez presque tout recouvert, Legasov. Presque. Comme je vous le disais il y a quelques minutes – car pour éviter les questions et improviser des discours dans le vent, là aussi vous êtes doué – il me reste une seule question : pourquoi ?

Elia reprend son souffle, plus qu'il ne prend son temps. Pour la première fois de sa vie, il le sent s'écouler. Et vite, il retourne en arrière, à l'époque où il était convaincu qu'il resterait toujours le second, car pour tout le monde, il y avait d'abord Foma. Elia était celui qui rangeait les pelles pendant que les autres conduisaient le chasse-neige. Il était celui qui devait s'occuper de tout le monde, mais dont personne ne s'occupait jamais. À l'exception de sa mère qui était toujours là. Elle était la première à courir, mais la seule à faire demi-tour quand le petit Elia était à la traîne. Et lui espérait qu'avec le temps, il deviendrait cette force de travail que convoitait son père, et qu'un jour il le rendrait fier. Puis il y avait eu la rafle : Georgij avait laissé partir son frère et sa mère. À ce moment précis, Elia comprit qu'il les avait tués, que le sort l'avait privé des choses les plus belles et de l'amour le plus pur. Et il endura les crises d'abstinence, la violence, la maltraitance, la méchanceté et les regrets de son père. Alors, en le voyant regarder dehors et chanceler dans la maison, la rage refit surface. Il pouvait le punir, lui renvoyer toute sa douleur au visage. Et il le poussa. D'un coup sec, par-derrière. Puis il tira la porte vers lui et la referma à clé. Quelques secondes après avoir laissé son père dans la neige, un immense sentiment de culpabilité l'envahit et vint combler le vide jusque-là occupé par la rage. Georgij frappait et hurlait, confus, effrayé. Sa peur était lucide, concrète, mortelle.

Lorsqu'Elia se pencha par la fenêtre pour voir s'il était mort, Gligorov fit la même chose de chez lui. Leurs regards se croisèrent. Legasov fit signe de garder le silence, car personne n'en saurait jamais rien. Au milieu de cette tempête, leurs fenêtres étaient les seules ouvertes. Elles se refermèrent en même temps. Ce secret valait une vie : Boris le savait parfaitement, l'a su jusqu'à la fin, jusqu'à cette seconde avant qu'il ne meure pour le protéger.

– Je l'ai fait, c'est tout, répond Elia.

Alors, l'air triste et effrayé, Petrov se lève et reprend son chapeau. Il a presque entièrement perdu son expression de marbre, sculptée par ses années d'académie. Il n'arrive pas à regarder Legasov dans les yeux. Cinq miliciens, tous armés, font irruption à l'intérieur.

– Elia Legasov, vous êtes en état d'arrestation pour le meurtre de Georgij Legasov.

Le commandant se dirige vers la porte. Elia le suit le regard tremblant, tandis qu'on lui passe les menottes. Petrov sort, puis se retourne. Oui, il le fixe à présent, sonde son âme : il voit un homme qui ne connaît pas la paix, pas un assassin. Un homme seul, pas un frère. Un homme blanc, pas un homme de couleur. Pourtant, il n'en est pas certain, comme si ses impressions lui mentaient elles aussi.

– J'ai cette impression, qui ne cesse de grandir, d'avoir le mal en face de moi, Legasov.

– Et qui ne l'a pas, commandant ?

24

BLANCHEUR ÉGALE NEIGE

– À Vorkouta. Ne vous arrêtez pas.

Les voitures de la milice partent immédiatement pour la prison, sans laisser le temps à Elia de saluer sa vie, sa maison. Dissimulé derrière la remise, Andrej a observé les véhicules depuis leur arrivée. Cette arrestation, il la voit et l'entend. Il ne peut pas s'empêcher de pleurer, de songer à ce qu'il va devenir, se demande pourquoi tant de hâte, tant d'ardeur. Et le voir s'en aller est l'adieu le plus injuste qu'il pouvait lui faire.

À Elia, ce panorama offre presque un sentiment de paix. Il sait qu'il parcourt certainement pour la dernière fois les routes qu'il a connues et déneigées durant toute sa vie. Ses certitudes, ses racines, se dérobent sous ses pieds. De loin, l'obscurité qui enveloppe le village a quelque chose d'éternel, comme si ce dernier était depuis toujours enveloppé d'un sortilège. Il se soustrait à sa vue au bout de cinq minutes seulement, lorsque la brume engloutit les maisons, les routes et les lumières clignotantes du pétrolier.

– Vous ne m'avez pas encore répondu, Legasov. Vous évitez les questions avec une facilité déconcertante, mais moi en revanche, je ne les oublie pas.

– À quoi n'ai-je pas répondu ?

– Pourquoi ?

Cette fois-ci, la neige ne peut rien recouvrir. Elia n'a plus de murs, plus de barrières.

– *Georgij, je crois que je suis enceinte.*

– Ma mère était enceinte commandant, c'était la seule âme pure parmi les ombres qui m'entouraient. Mon père était la pire : je pense n'avoir jamais connu quelqu'un d'aussi cruel. Ni un sort plus défavorable. En enfer, commandant, même un ange devient démon.

– Et vous Legasov, vous étiez un démon ?

– *Encore ?*

– *J'ai beaucoup trop de retard. Tu n'es pas heureux ?*

– *Nous avons déjà deux enfants, dont un inutile. Nous n'avons pas le temps d'en élever un autre, et encore moins l'argent pour le faire.*

– J'étais squelettique, je ne grandissais pas et n'avais pas de force dans les bras. Pour ça, Foma était tout excusé, mais moi je ne récoltais que les foudres de mon père. Ma peau s'en souvient bien, surtout au niveau des épaules et des hanches. Après s'être arrachée, elle a mis un moment à guérir, et quand il la touchait, j'avais l'impression de mourir. Je n'arrivais pas à travailler, je n'arrivais pas à ranger quoi que ce soit, je n'étais bon à rien. Ma mère était la seule à me comprendre, à me considérer. Dieu sait combien de coups j'ai reçus, combien de fois j'ai pleuré, combien de cris j'ai poussés, à cause de cet homme.

– *Comment peux-tu parler ainsi ? C'est un autre cadeau de Dieu.*

– *Non, une charge supplémentaire.*

– Donc vous avez tué votre père pour rendre justice à votre mère et à l'enfant qu'elle portait ?

– *Un immense bonheur nous arrivera de là-haut pour la troisième fois, je pense que nous devrions remercier le ciel. Nous lui donnerons le nom d'un envoyé de Dieu. Nous le devons au Christ.*

– Non, monsieur. J'ai tué mon père, car j'ai toujours eu l'intime conviction que les démons appartenaient à l'enfer. Et les anges, à la lumière.

– *Il ne portera pas de nom, nous n'aurons pas d'enfant, pas un autre. Nous ne pouvons pas, Eva. Nous ne pouvons plus. Tu t'en déferas. Et si tu ne le fais pas, je m'en chargerai moi-même à sa naissance.*

– Et vous Legasov, à quoi appartenez-vous ?

Elia réfléchit à cette question qu'il ne s'est jamais posée. Il a tout fait pour ensevelir ses origines tourmentées sans jamais songer à la nécessité d'en avoir. Après des heures de route, il sourit à la vue de cette blancheur pérenne. Il ne se sent pas prisonnier. Cette voiture blindée lui permet de fuir son passé, et il lui en est presque reconnaissant. Il sent battre son cœur, éprouve un sentiment de paix, d'équilibre : sa respiration se fait plus lente, le poids de ses secrets n'oppresse plus sa poitrine. Il sent qu'un bloc de glace s'est détaché, le voit malgré les kilomètres, comme s'il était devant lui, comme s'il le touchait, comme s'il le surmontait. Cette sensation d'être ce morceau d'eau blanche, il l'éprouve pour la première fois. Le hasard a brisé la glace, l'a laissé partir, l'a laissé dire adieu à tout le reste, à ce tas de remords et de craintes qui le retenaient. Elia regarde dehors, et se souvient vraiment.

– *Mère, pourquoi pleurez-vous ?*

Eva comptait les bleus que Georgij avait laissés sur son corps.

– *Elia, retourne te coucher.*

– *Je n'arrive pas à dormir si vous pleurez.*

– *Alors, fais comme si je riais.*

– *Mais vous êtes en train de pleurer.*

– *Oui, mais ça va passer. Ne t'en fais pas.*

Tantôt la mère réconfortait son fils, tantôt l'enfant réconfortait sa mère. Ces moments étaient étranges, anormaux dans ce monde insensible. Pourtant, une magie spéciale circulait entre leurs quatre yeux, l'empathie, qu'elle connaissait bien.

– *Êtes-vous fatiguée ?*

– *Très fatiguée, Elia. Tout est si difficile.*

– *Demain nous pourrions déblayer la neige ensemble, si vous le voulez.*

– *Non, pas demain.*

– *Mais c'est ce que vous m'avez appris : les Legasov déblaient la neige. Depuis toujours.*

Et il savait pourquoi. Ce n'était certainement pas la meilleure chose à faire, mais c'était son destin, son futur, celui des Legasov avant et après lui. Toutefois, son corps était trop fragile, de l'intérieur comme de l'extérieur, pour se mettre à creuser.

– *Plus maintenant, mon trésor.*

– *Pourquoi, mère ?*

– *Rien ne m'oblige à te répondre.*

– *En réalité, si !*

– *Tu ne comprendrais pas.*

– *Ça, c'est ce que vous croyez.*

– *Bien. Dans ce cas réponds-moi : que fait la neige, Elia ?*

La neige était tout, bien plus que de l'eau gelée. Cette question était tout, bien plus qu'une métaphore : que fait la vie, Elia ? Que fait un souvenir, Elia ? Que fait la vérité, Elia ? Que fait le monde, Elia ?

– *Elle neige ?*

– *Non.*

– *Elle tombe ?*

– *Non plus.*

– *Elle blanchit ?*

– *Non, Elia. Elle recouvre : la neige recouvre tout. Tout ce que tu vois, tout ce que tu sens, tout ce que tu éprouves, chacun de tes rêves meurt si la neige le recouvre.*

– *Et nous, nous l'enlevons, nous faisons réapparaître les rêves. N'est-ce pas merveilleux ?*

– *Nous changeons le cours des choses, Elia. Là où tombe la neige, nous l'enlevons. Nous faisons ressortir ce que le destin voudrait dissimuler.*

Car dans un village où la neige tombe et où tout le monde oublie, les Legasov déblaient et se souviennent. Dans un village où tout le monde regrette, les Legasov déblaient et s'élèvent. Dans un village où tout le monde se rend, les Legasov déblaient et remportent la victoire.

– *Ça veut dire que la neige nous protège ?*

– *Non, mon trésor, la neige est tentatrice. Elle nous provoque depuis toujours, pour voir si nous sommes capables d'oublier. L'homme oublie tout.*

– *Nous, nous déblayons la neige, nous nous souvenons de tout.*

– *C'est pour ça que je pleure. Sais-tu combien c'est dangereux, à quel point ça fait mal de se souvenir, d'enlever la neige ?*

– *Pas encore, mère.*

– *Un jour tu comprendras. Et tu prendras conscience du pouvoir qui est le tien.*

– *Pourquoi ?*

– *Parce que tout le monde oublie, mais pas les Legasov. Jamais.*

C'est le pouvoir du souvenir qui transforme un homme. Le fait devenir un autre, lui-même, ou personne. Seul ce pouvoir le rend héroïque, mauvais, ou les deux à la fois, à différents niveaux. Ce n'est pas un pouvoir facile, il n'est pas palpable, n'a pas de volume ni de champ d'action unique, mais on peut le maîtriser et ainsi devenir puissant.

– *Et donc...*

– *Et donc tu dois me jurer que plus tard, tu feras tout pour quitter Jievnibirsk et que tu feras tout sauf déblayer la neige. Et que tu oublieras, comme tout le monde, comme tous les vivants.*

– *Je vous oublierai aussi, mère ?*

– *Oui, moi aussi.*

– *Mais je ne veux pas vous oublier.*

– *Crois-moi, Elia. Fais-le pour toi, protège-toi. Oublie. Peut-être pleureras-tu moins que moi.*

La vérité lui a traversé l'esprit, d'un seul coup, et Elia a oublié la question du commandant. Il se concentre, déteste demander de répéter, c'est arrogant et il ne peut se le permettre. Ah oui, à quoi appartient-il ?

– À la neige, commandant.

25

NEIGE ÉGALE OUBLI

Elia Legasov
Prison de Vorkouta
169000, Vorkouta
[CONFIDENTIEL]

Bonjour, Elia.

Juste pour savoir comment tu te sentais et ce qui occupait tes pensées.

Je songe beaucoup à toi, et j'ai la nostalgie du temps où l'on discutait ensemble de ces choses qui nous sauvent.

Amicalement,

A.S

P-S Le chien se porte bien.

* * *

Dr Andrej Sobolev
Centre de recherche « Lebdevev 1 Kara »
169903, Jievnibirsk
[CONFIDENTIEL]

Mon cher ami,

Je déteste écrire, mais au vu de ma situation, je n'ai aucun autre moyen pour t'expliquer ce qu'il s'est passé, pour m'excuser de t'avoir menti. La vie m'a appris qu'il y avait une grande différence entre *se souvenir* et *vouloir se souvenir*, ainsi qu'entre *oublier* et *vouloir oublier*. Malgré nos efforts, nous ne pourrons jamais contrôler la vérité. Et je voudrais te la raconter, entièrement, après l'avoir dissimulée derrière tant de discours et sous bien trop de neige.

J'ai été, pendant très longtemps, un homme inutile. Tous portaient un manteau à leur nom, mais à moi, au petit Elia squelettique, pas un seul n'allait, et en broder un de plus ne valait jamais la peine. J'ai passé les premières années de ma vie à obéir et à me taire : Georgij Legasov était le chef du village, on ne pouvait en aucun cas parler de ses crises d'hystérie, de ses hurlements nocturnes, des punitions qu'il infligeait. Puis il y avait Foma, le voleur d'amour, que j'ai aimé plus par pitié que par affection.

La rafle l'enleva : ma mère le perdit et ne put l'accepter. Et quand elle décida d'aller le chercher, j'aurais voulu m'accrocher à ses jambes fines et lui dire de rester, pour moi. On me disait de baisser la tête, de garder le silence. Je me mis à hurler. Je désobéis pour la première fois. Et mon père, au lieu de la sauver, l'abandonna à son sort. Ses yeux lui dirent : *vas-y*. Un regard froid, péremptoire. Elle prit ma main, et ses doigts lâchèrent les miens. Puis elle disparut.

Nous repartîmes à deux, mais entre nous, rien ne changea. Au contraire. Ses crises d'abstinence, et bien souvent d'identité, devenaient toujours plus violentes, et les moments de la journée où il n'était pas soûl ou à moitié absent se comptaient sur les doigts d'une main. Ce jour-là, ce ne fut pas la pire, mais bien la première fois où il était en proie à une violente crise durant le ciel qui tombe. Avec lucidité, je pris la décision de l'enfermer dehors. Mes raisons de le faire ne manquaient pas, et hurlaient dans mes oreilles. Lorsque je le vis courbé, creuser la neige dans le vide, je compris que c'était le bon moment. Il pouvait expier tout le mal et toute la souffrance qu'il avait causés. Il expira sous mes yeux.

Mettre en scène un suicide fut aisé. Les crises de Georgij étaient désormais connues de tous, et j'achevai de faire la lumière sur ces zones d'ombre qui avaient toujours plané sur notre maison. Je jouai la carte du père de famille tourmenté, et la photo dans sa poche en serait la preuve authentique : tous ses remords, toutes ses erreurs en une image et en deux mots. Au fond, j'ai attribué à mon père ce que je ressentais. Tout. Et tout le monde y crut.

Boris était le seul à connaître la vérité. Il était comme moi, reclus et fragile. C'est pour cela que notre amitié devint très vite indéfectible. Ses parents et lui restèrent à mes côtés le temps nécessaire. Et sur leur lit de mort, je leur fis la promesse de prendre soin de lui. Et je l'ai fait pendant des années. Ne serait-ce que pour le surveiller. Nous nous sommes toujours promis que si les choses s'envenimaient, nous nous protégerions. Je n'y suis pas arrivé, c'est lui qui a cédé.

Ma mère avait raison : la neige est tentatrice. Et si j'avais l'honneur de la déblayer et de me souvenir, j'avais également le pouvoir de l'amonceler et de recouvrir. Des allers-retours sur les mêmes routes, si méthodiques et monotones que repenser à certains épisodes devenait inévitable.

Tout était parfait, et loin derrière mon dos : jusqu'à ce que le destin fasse ressurgir tout ce que j'avais enfoui. Moi, je crois au destin. Cela devait se passer ainsi. Peut-être que je l'ai toujours su.

On me traite comme si j'étais un monstre, mais personne ne comprend que nous sommes tous des êtres de chair et de neige. Nous vivons de corps, de contacts. Et les esprits sont tous semblables au mien, à tous ceux qui déblaient la neige. Les souvenirs tombent, nous faisons le choix de les recouvrir, de les découvrir, et parfois de les couvrir à nouveau. Combien de souvenirs as-tu toi-même désiré oublier ? Et au fil des années, combien de fois te les a-t-on remémorés ?

Chaque esprit est un hiver, mon ami. Nous avons beau vouloir choisir, nous ne pourrons jamais savoir quelle part de vie, quelle quantité de neige nous tombera dessus ni quelle quantité infiltrera notre âme. Nous pensons être des anges descendus du ciel, parce que nous avons appris les bonnes manières, que nous nous saluons dans la rue, que nous prenons soin de ceux que nous aimons. Nous nous vantons d'être purs, dotés d'une conscience limpide, sans élucubrations. Mais qu'adviendrait-il si, l'espace d'un instant, la neige du monde entier fondait ? Que découvririons-nous ? Quelles pensées, quelles idées se décongèleraient ? Nous serions tous des montres, Andrej, tous autant que nous sommes. Nous le savons déjà. Alors nous continuons notre petit jeu de rôle doublé d'incertitudes, nous rions et pleurons dans le vent, dissimulons derrière notre joli minois des tonnes de rancœur et de rage. Une seule chose nous différencie des animaux, mon ami : notre pouvoir de déguiser la vérité, autrement dit l'hypocrisie. Personne ne l'accepte, mais tout le monde le détient et s'en sert. Car c'est dans notre nature, car cela nous provoque un plaisir intense et malsain, brutal si tu veux, mais naturel. Ma neige a fondu, elle était seulement plus épaisse que chez bon nombre de personnes.

Je t'en prie, n'aie pas pitié de moi, et ne me blâme pas. Je veux que tu saches que chaque souvenir, chaque fragment de vie que nous avons partagé au cours de ces semaines intenses, est gardé précieusement, à l'abri.

E.L

26

LA DOULEUR FAIT NAÎTRE L'HIVER

Andrej frappe depuis dix bonnes minutes, mais personne ne lui a encore ouvert. Il insiste, articule mentalement *je-t'-en-prie* en se frottant les yeux, tambourine à la porte en redoublant d'insistance et de rage. Il s'y adosse, jusqu'à entendre un bruit ou la voix d'un gardien. La voici.

- Vous êtes ?
- M. Sobolev. Pour M. Legasov.
- Le parricide ?

Andrej déglutit. En lui, quelque chose se brise. Il souffre de le voir ainsi désigné, transformé en monstre, cet homme qui déblayait la neige, dont il ne reste que cette immense, cette terrible faute. Il est sur le point de s'en aller, mais garde ses mains sur la porte et répond.

- Oui.

Le gardien appelle l'un de ses collègues qui va chercher Elia, pendant que lui prépare le parloir. C'est la première fois que Sobolev pénètre dans une prison, mais frôler les cellules suffit à lui glacer le sang. Les cris résonnent contre les murs, contre les carreaux grisâtres, comme s'ils venaient heurter les lampes qui vacillent, mues par un faible courant d'air qui s'infiltre depuis l'entrée.

– Cinq minutes, pas une de plus.

De loin, cravate bleue ne le reconnaît même pas : Elia a la barbe en broussaille, les cheveux longs et sales, porte un manteau manifestement vieux, et doit avoir au moins deux couches de pellicules sur les épaules. Il chancelle plus qu'il ne marche, et n'a jamais autant tremblé de peur. Son regard est plus vide que jamais : il est celui de quelqu'un qui a déjà tout perdu.

– Elia, mon ami, tu m'as manqué.

Legasov entre dans le parloir et se laisse tomber à terre, ses poumons sont remplis aux trois quarts de catarrhe. Après avoir longtemps haleté, il finit par reprendre des couleurs et recouvre la force de parler.

– Pourquoi tu es revenu, Andrej ?

Cravate bleue sort une lettre de la poche de sa veste et la pose sur la table. Il regarde Elia qui garde la tête baissée et fixe sans doute le vide.

– Tu es venu me cracher dessus, n'est-ce pas ?

– Non. Je suis venu te dire que je suis comme toi.

À présent, Legasov l'observe.

– Comment ça ?

– Moi aussi j'ai gardé un secret, pendant tout ce temps.

Andrej se lève pour se rapprocher de lui, s'assied à ses côtés. Pour Élia, la prison est une souffrance et les bruits qui l'entourent ne font qu'accroître son trouble, mais il reste assez lucide pour comprendre qu'il ne s'agit pas d'une confession ordinaire.

– Tu fais partie de ceux qui sont restés, après la rafle. Tu fais partie de ceux qui se sont sauvés, comme Matvej et Boris.

– Oui, je me suis sauvé seul.

– Maman, déglutit Andrej. Elle t'a sauvé. Même si tu ne le sais pas.

Elia n'a pas pleuré depuis qu'il est ici, mais aujourd'hui, il ne parvient pas à se retenir. Il s'agrippe à son manteau, comme s'il était encore imprégné de l'odeur de sa maison.

– Kamenev, c'est bien ça ? Elle s'appelait Eva Kamenev.

– Et comment tu le sais ?

– Tu te souviens de comment elle voulait appeler son enfant ?

– *Nous lui donnerons le nom d'un envoyé de Dieu. Nous le devons au Christ.*

– Andrej : l'apôtre, le premier appelé.

Elia blêmit. Et Andrej s'explique.

– J'ai toujours su que maman était née à Jievnibirsk. Elle me parlait de cet endroit figé, hors du temps et du monde. Je l'ai rêvé, tant de fois imaginé, et lorsque j'ai compris que de vastes gisements se trouvaient potentiellement dans la mer de Kara, j'ai littéralement remué ciel et terre pour m'y rendre. Après les prélèvements, j'ai récupéré ses affaires :

vêtements, bagues et carnets. Elle écrivait beaucoup. Sur l'un d'eux se trouvait la photo que tu gardes dans le séjour, et je suis resté là, à la fixer, car il me semblait l'avoir déjà vue quelque part. Et il y avait une lettre, qui portait l'inscription *À mon fils*. Je ne l'ai pas ouverte : penser qu'elle était morte toute seule me faisait encore trop mal, je ne parviens toujours pas à me le pardonner. Je venais d'être rétrogradé, mon travail était un véritable calvaire, et lire ses mots aurait été trop douloureux, trop difficile à accepter. Je suis retourné chez toi après ton arrestation, j'ai pris un coupe-papier et mon courage à deux mains pour l'ouvrir. Puis j'ai compris qu'elle t'était destinée.

Elia, mon doux trésor,

Je t'écris ces mots, car je suis certaine que tu les liras un jour. Le temps sera passé, et je ne pourrai plus te dire combien j'ai souffert de ne pas t'avoir vu grandir. Je vais bientôt mourir, mon amour. Je te vois déambuler à travers ces pièces que j'ai gardées en tête, et je t'appelle pour te dire adieu, te dire que ton petit cœur, qui bat plus fort, a toujours battu uniquement au rythme du mien. Mais je suis là, maintenant. Je te serre dans mes bras en écrivant cette phrase, et je pense à toi, d'une certaine manière, en ce moment même où tu la lis. Je dois te raconter ce qu'il s'est passé, tout ce qu'il s'est passé ; c'était il y a cinquante ans, mais je n'ai jamais oublié.

À Vorkouta, nous avons subi les pires atrocités : le travail forcé, épouvantable, sans répit. Notre vie était faite de famine et de bois, nous étions prisonniers d'un enclos sans limites.

Avec nous, il y avait toutes sortes de gens : des criminels, des prisonniers et des dissidents. Bon nombre d'entre eux, nous ne les comprenions pas, et lorsque nous ne travaillions pas, nous nous parlions avec des gestes. J'ai perdu ton frère peu de temps après mon arrivée, et je ne l'ai plus revu. J'ai résisté, chaque jour, pour maintenir en vie l'enfant qui grandissait en moi, et j'y suis parvenue. Nous fûmes libérés au bout de six mois, et j'avais le sentiment que tout ce qui m'approchait, la moindre petite chose, la plus inoffensive, me ferait du mal. Quand tu reviens de l'enfer, tu cesses de voir le monde de la même façon.

D'autres paysans et moi essayâmes de rentrer, mais personne n'était disposé à nous conduire là-haut. Nous leur montrions la direction du nord, les suppliions de nous emmener vers la mer, vers Kara, en leur assurant que nous les paierions à l'arrivée. Alors les gens nous riaient au nez, car plus haut il n'y a rien, pas de vie, nous étions seulement des gens étranges, qui divaguaient. Nous trouvions refuge dans des maisons, j'ai rencontré de braves gens et des salauds, ils m'ont donné de la soupe et des lits de camp, ont giflé et craché sur deux vies qui luttaient, l'une pour naître, l'autre pour ne pas mourir.

Ensuite, j'ai rencontré Aleksandr. Un homme extraordinaire, ou du moins, c'est ce dont il avait l'air. Il m'aida d'abord par pitié, puis nous finîmes par tomber amoureux, même si j'entrevoyais, dans son caractère, des ombres que je connaissais bien. Il travaillait à Vorkouta dans le domaine des transports publics, et fit carrière en quelques années.

Entre-temps était né Andrej, le plus beau cadeau du ciel, et il avait les yeux du même bleu que les tiens. C'est un homme bon, mais solitaire, extrêmement dévoué à sa tâche, il est géologue et me fait penser à toi. Alex l'a élevé comme son fils, mais était un père trop similaire à celui que tu as connu : un homme capable de faire le bien, mais toujours trop proche du mal et de la violence. Revenir, même après l'accouchement, avec cette nouvelle vie fragile et sans doute trop semblable à celle qui me liait à toi, toute la confusion que j'avais en tête, la peur, les traumatismes et les blessures, nous aurait tous fait souffrir. Parfois, j'ai failli céder, car tes pleurs étaient mon dernier souvenir. Je voulais l'effacer, revenir à ce délicieux kompot qui cuisait sur le feu et que nous n'avons jamais bu. Alors, j'ai conclu un marché avec Alex, en lui demandant d'envoyer toujours le même chauffeur à Jievnibirsk pour le ravitaillement nocturne. J'ai mis ma vie entre les mains de cet homme, et il me suffisait de savoir que les routes étaient parfaites pour savoir que tu allais bien, que tes jours n'étaient pas en danger. Grâce à ce qu'il m'a rapporté, je n'ai rien ignoré : je sais que le village s'est éteint, qu'il est devenu éternel. Je sais qu'il ne cesse de neiger, que les tempêtes sont de plus en plus fréquentes. Je sais que Georgij est mort, et la nouvelle a été douloureuse, comme si je perdais une part du temps.

Aleksandr est décédé il y a deux ans, Andrej est loin, et je t'écris, car tu es ce qu'il me reste de plus proche, de plus beau. Parce que je t'aime, et que je voudrais te voir, venir te retrouver maintenant, après toutes ces années où je n'ai pas pu le faire, te donner un baiser, te voir avec une barbe, entendre ta voix plus rauque, te raconter des choses, des belles comme des moins belles, et te demander pardon. Te faire sourire me manque, t'écouter, te prier d'être patient, car la vie, seule, ne peut changer.

Je pense n'avoir jamais été aussi proche de me rendre. Je voudrais seulement te regarder, quitte à m'enfuir ensuite, ne serait-ce que pour entendre le bruit que fait mon cœur en te voyant de nouveau.

Nous ne mourrons pas, je te le promets. Nous ne partirons pas comme les autres, nous ne le méritons pas. Même quand nous aurons été éloignés l'un de l'autre pendant de longues années, et que nos photographies seront tout ce qu'il nous reste du temps passé ensemble à jouer avec le monde, souviens-toi. Car les Legasov n'oublient jamais, et lorsqu'ils se souviennent ils arrêtent le temps, la neige et toutes ces choses qui tombent pour effacer. Souviens-toi, mon amour, et si tu te souviens, nous serons immortels. Et lorsque nous cesserons de nous souvenir, nous oublierons ensemble tout le mal du monde, il n'y aura que toi et moi, deux êtres indiscernables.

Deviens quelqu'un de grand.

À toi pour toujours,

Maman.

Elia et Andrej se rapprochent l'un de l'autre et se regardent dans les yeux comme ils ne l'ont jamais fait : ce même bleu limpide que celui de leur mère. Un sourire se dessine au détour de leurs larmes et de leurs pommettes mouillées ; chacun désigne son frère.

Ils se serrent dans les bras et la neige cesse de tomber.

REMERCIEMENTS

Au bout du quatrième roman, je n'ai toujours pas appris à écrire les remerciements. Car il me faudrait des pages et des pages, dont je ne dispose pas, pour écrire le nom de toutes les personnes qui m'ont aidé, soutenu, supporté, apaisé, enlacé, durant ces années où j'ai vraiment tout fait, mais vraiment tout. Et s'il est vrai qu'un livre, comme la vie, ne se fait pas seul, je vais vous parler de ceux qui ont cru, ces dernières années, en *La douleur fait naître l'hiver*. Et de ceux qui ont cru en moi (je vais certainement oublier quelqu'un et m'en excuse par avance).

Merci à Elisabetta Migliavada et à Adriana Salvatori pour toutes ces belles choses que vous m'avez données, et tout le bien que vous m'avez fait, ainsi qu'à ce roman. Tout un tas d'aventures nous attendent, les filles. Merci à Stefano Mauri et à toute l'équipe de Garzanti, qui n'est pas seulement une maison d'édition mais une grande famille.

Merci à ma mère, Alessandra, car nous y revoilà (eh oui). Merci à mon père, Stefano, qui m'a appris à prendre les vagues. Ainsi qu'à mon frère, Francesco, ma seule et sublime raison de vivre.

Merci à grand-père Mario, à grand-mère Alberta et à grand-mère Titti.

Merci à Giacomo Mameli d'être mon épaule droite. Et à Francesca Pilia d'être mon épaule gauche. Et à Cristian Mannu, mon fond marin.

Merci à Cristina Caboni et à Valeria Usala : vous êtes ma plus belle maison.

Merci à Valeria Pecora, car il y a des années elle s'est assise à côté de mon cœur pour ne plus le quitter, et à Massimiliano Hellies qui nous accompagne.

Merci à Ciro Auriemma de m'avoir pardonné pour le manteau camel.

Merci à Ilenia Zedda d'être franche et fragile. Merci à Alessandro de Roma, pour ses conseils et ses réflexions. Merci à Paolo Pinna Parpaglia, Giovanna Uccheddu, Giulio Pisano et Michele Vaccari, de m'avoir donné les bons coups de bâton quand c'était nécessaire. Merci à Veronica Galletta, pour tout le soutien psychologique nocturne. Et à Sandro Frizziero, car nous faisons des choses simples.

Merci à Anna Piras, pour ses accolades et ses conseils. Merci à Anthony Muroni, pour les aventures et les déjeuners chez Michelangelo.

Merci à Giorgio Ghiotti, car la vie est plus belle de son point de vue, et à Leonardo Laviola, qui nous la rend plus douce à tous les deux.

Merci à Andrea Donaera, qui rit à présent. Et à Sabrina Sanna, qui rit elle aussi.

Merci à Elisa Stiz, qui marche à mes côtés vers des contrées magnifiques et lointaines.

Merci à Giuditta Sireus, pour toute la magie qui sort de ses yeux. Et à Angela Buccelli, cet être extraordinaire dont je prendrai soin.

Merci à Gianluca Medas d'être mon pilier, son cœur est un théâtre auquel il me donne toujours accès. Et à Franco Sollai, de m'alléger l'esprit. Merci à Mauro Sollai, car j'envie son regard sur le monde.

Merci à Giuseppe Piano qui m'a appris à voler, mais surtout à atterrir. Piloter un avion et décoller du sol est ma dose de liberté et d'émerveillement, mais la liste de contrôle doit être effectuée entièrement et systématiquement, malgré la magie.

Merci à Francesco Santucci et à Carolina Capitani, à notre *blu dipinto di blu.*

Merci à Maurizio Costanzo, pour le clin d'œil et le soutien. Merci à Licia Colò, car je n'oublie jamais mon nid.

Merci à Antonio Di Rosa, qui m'a mis au-devant du train. Et à Luca Rojch, Daniela Scano, Pierluigi Rubattu, Costantino Cossu et Alessandro Pirina, qui m'ont aidé à le conduire.

Merci à Gianni Giovannetti, pour sa confiance et nos *aperitivi* à Rome.

Merci à Enrico Pau, car j'ai appris à écrire des scénarios grâce à la première version d'*Accabadora*.

Merci à Yari Selvetella, car le secret c'est de vivre – et sans gluten, on vit mieux. Et à Giovanni Carroni, car le monde, comme le théâtre, a besoin de lumière.

Merci à Claudia Sarritzu, elle sait pourquoi.

Merci à Philippe Daverio, qui m'intima de dévorer la vie. Ainsi qu'à la famille Miscali, car je me sens chez moi à Ardauli.

Merci à Tiziana Troja, cette force de la nature. À Margherita Orgiana, qui m'a appris à fermer les yeux. Merci à Maria Cavallo et à Lucia Sancassano : Francfort est beaucoup plus chaleureuse en votre présence. Ainsi qu'à Giulia et Laura Terracciano, les Terri, vous êtes et serez toujours une partie de moi.

Merci à Eleonora, à Maurizio, à ArgoNautilus.

Merci à Sara Cambula, la meilleure d'entre nous.

Merci à Gianni Filippini, que j'embrasse très fort. Et à Francesca Lai, Luigi Almiento, Flavia Corda, Enrico Fresu, Mario Marcis, Alessandra Carta, Michela Girardi, Carla Mura, Elena Laudante, Francesca Melis Boi, Davide Vannucci, Daniela Melis, Simona De Francisci, Nicola Scano, Stefania De Michele, Fabio Marcello et Maria Paola Masala, que j'embrasse très fort également.

Merci à Massimiliano Galimberti, dit Maki, qui m'a appris à m'émerveiller d'une photographie. Et à Gabriella Saba, car elle me rend vivant. Merci à Chiara Pasqualini, nous sommes des étincelles de vie. Et à Mattia Insolia, car chaque chose a son rythme.

Merci à Manuela Arca, une âme belle comme peu d'autres le sont. À Matteo Locci, qui trouve toujours les bons mots. Merci à Giovambattista Praticò, Maurizio Antonini, Rossella De Venuto ainsi qu'à toute la famille d'Interlinea.

Merci à Mariella Cortes, Irene Bosu, Natascia Talloru, Simone Tatti : nous nous aimons beaucoup, et ce que nous avons fait de plus beau, nous l'avons fait avec le cœur.

Merci à Carlo Dore, pour toute l'affection qu'il me porte. Et à Claudio Cugusi, car seule la conscience compte.

Merci à Stefania Cois, d'être toujours là. Et à Luisa Mereu de m'avoir fait comprendre qui tu étais. Merci à Tiziana Pompei, pour nos appels durant des heures. Merci à Marilena Lai ainsi qu'à Massimo Busetto, Donatella Nardi, Simone Mereu, et Nicoletta Pisano, car ils savent rester.

Merci à Alice Scalas Bianco, Michela Panichi, Elettra Solignani, Andrea Zancanaro, Eva Luna Mascolino, de former la grande famille des « campiellini ».

Merci à Maura Lusci, Giampiero Meloni, Stefania Marci, Marina Casta, Silvia et Tonio Collu, Susy Merico, Alessandro Tridello, Stefania Mura, Aldo Addis, Andrea Baragone, Itria Onali et Niccolò Peddio, les libraires de mon cœur, ainsi qu'à tous ceux qui, au cours de ces années, ont eu confiance en moi et en mes histoires.

Merci à La Zattera, qui m'a appris à naviguer. Et à Alessandro, qui m'a recruté lorsque j'avais quinze ans et d'horribles cravates. Merci à Giancarlo, le timonier aguerri.

Un immense merci et beaucoup de tendresse aux lecteurs qui m'ont suivi et à ceux qui le feront. Et en particulier, à ceux de Muravera, de Lotzorai et de Perdasdefogu.

À très vite.

ENTRETIEN AVEC MATTEO PORRU

La neige est l'un des protagonistes de votre roman, pourquoi avez-vous choisi précisément cet élément ?

Tout a commencé au lycée, lors d'une explication de texte sur Dante. En lisant le chant du comte Ugolin, j'ai été frappé que l'on trouve de la glace dans l'un des endroits les plus profonds et les plus terribles de l'enfer. Dans mon esprit, ce lieu avait toujours été un règne de feu et de douleur, mais jamais de glace et de solitude. Depuis ce jour-là, pour moi, la fin du monde est devenue un événement froid et immobile. La neige était le parfait expédient pour remuer les enfers, y créer une histoire et lui donner un volume, une couleur, lui imposer une dynamique lente et maudite.

Croyez-vous que dans la vie aussi, le passé ressurgit toujours d'une certaine manière ?

Je pense que la vie est une histoire de résultat : on ne peut en parler que lorsqu'elle est finie. Je pense que c'est une sorte de stratigraphie de tous les événements passés que nous avons traversés, auxquels nous nous heurtons continuellement. Pour moi, c'est justement là que se cache le secret de la vie : aborder chaque jour dans son unicité, et se dire qu'il est le résultat de tous ceux qui ont eu lieu et le prologue de tous ceux qui suivront. Je voudrais pouvoir affirmer avoir vécu ainsi.

Le roman est également une histoire de liens familiaux puissants et indéfectibles. À votre avis, peuvent-ils réellement être aussi oppressants ?

Ils peuvent l'être davantage : suffocants. Presque à vous en couper la respiration. Elia le sait bien, il l'a toujours su : son nom de famille est un sceau, une condamnation à un métier et à une éthique du secret – et en même temps, de l'ostentation. Les Legasov sont parvenus à dissimuler la vérité pendant des années, justement grâce à cette proximité extrême, forcée, qui a scellé tous les contours de leurs émotions. Dans la réalité, je crois que les liens peuvent être cette infortune dont il est question chez Tolstoï : *maison* est un mot magnifique pour toutes les familles, il renvoie l'idée d'un endroit agréable, lumineux. Mais souvent, les lumières s'éteignent et des choses étranges et perverses se produisent dans le noir.

Oublier peut-il s'avérer vraiment si difficile ?

Autant que de se souvenir.

Et combien est-il difficile de se souvenir ?
Autant que d'oublier.

Qu'est-ce que cela vous fait d'être si jeune et déjà nettement considéré comme un auteur extrêmement prometteur ?
J'ai publié mon premier roman à l'âge de seize ans. Et le jour de sa sortie, j'ai décidé que raconter des histoires serait toute ma vie – ma vie entière –, il en a été et il en sera ainsi. Beaucoup d'eau a coulé sous les ponts, et d'une rive à l'autre, j'en ai construit plusieurs. Certains ont tenu, d'autres se sont immédiatement écroulés. J'essaie de les construire toujours mieux, et toujours plus haut, pour pouvoir affronter des périodes de crues, plus ou moins importantes : tout peut arriver. En attendant, moi j'écris.

COMPOSITION ET MISE EN PAGES
NORD COMPO À VILLENEUVE-D'ASCQ

ACHEVÉ D'IMPRIMER PAR CPI
EN JANVIER 2024

N° d'impression : 177032
Dépôt légal : février 2024
Imprimé en France